KB112689

왕관을 부탁해

왕관을 부탁해

발행일	2019년 11월 29일			
지은이	이채은 외 9명			
펴낸이	손형국			
펴낸곳	(주)북랩			
편집인	선일영	편집	오경진, 강대건, 최예은, 최승헌, 김경무
디자인	이현수, 김민하, 한수희, 김윤주, 허지혜	제작	박기성, 황동현, 구성우, 장홍석
마케팅	김회란, 박진관, 조하라, 장은별			
출판등록	2004. 12. 1(제2012-000051호)			
주소	서울시 금천구 가산디지털 1로 168, 우림라이온스밸리 B동 B113~114호, C동 B101호			
홈페이지	www.book.co.kr			
전화번호	(02)2026-5777	팩스	(02)2026-5747	

ISBN	979-11-6299-987-5 03810 (종이책)	979-11-6299-988-2 05810 (전자책)	

이 도서의 국립중앙도서관 출판예정도서목록(CIP)은 서지정보유통지원시스템 홈페이지(http://seoji.nl.go.kr)와
국가자료공동목록시스템(http://www.nl.go.kr/kolisnet)에서 이용하실 수 있습니다.
(CIP제어번호: CIP2019048447)

왕관을 부탁해

이채은
김다은
박나연
박하영
박해원
석수민
윤민이
이예나
이효림
임아로

미인대회 수상자들이 들려주는
생생한 미인대회 이야기

북랩 book Lab

머리말

왕관의 주인공을 꿈꾸는 그대에게

10년간 미인대회 강사로 살아오며 많은 후보와 수상자를 만났다. 미스코리아 대회에 대한 관심이 줄어들고 있다고 하지만, 역설적이게도 미스코리아와 미인대회에 출전하려는 여성들은 훨씬 더 많이 늘어났다. 이제 미인대회에 나가기 위해서 특정 미용실에 간다든가 수천만 원을 들여야 하는 시대는 지났다. 그보다는 자기 자신을 잘 브랜딩하고 표현하는 사람이 미인대회 왕관을 가져갈 수 있다.

미인대회에 관심이 있는 사람들에게 도움을 줄 방법을 고민하다 그동안 함께 해왔던 강사들, 제자들의 이야기를 엮어 책으로 내보면 어떨까 생각하게 되었다. 궁금했지만 물어볼 곳이 없었던 질문에 대한 답변, 준비과정, 좋았던 점과 힘들었던 점, 비용 등에 대한 솔직한 이야기를 담았다.

꼭 미인대회가 아니더라도 스피치, 이미지 메이킹, 퍼스널 브랜딩에 관심 있는 분들도 흥미를 가질 만한 내용으로 구성했다.

책을 내기까지 함께 고생해 준 강사들, 제자들, 그동안 미인대회 강사로서 활동하는데 많은 도움을 주신 분들, 그리고 늘 응원을 잊지 않은 가온스피치 앤 퍼스널 브랜딩을 스쳐 간 모든 분께 감사 인사를 전한다.

이 책이 미인대회를 준비하는 사람들은 물론이고 스피치, 이미지 메이킹, 퍼스널 브랜딩에 관심 있는 사람들에게 도움이 되기를 기원해 본다.

가온스피치 앤 퍼스널브랜딩 대표

이해은

차 례

👑
발레리나 춘향의   85
미스 그랜드 코리아 도전기

👑
전 세계에 울려퍼진 코리아!   105

미스코리아의 비장의 무기 와일드카드!   119

미스코리아의 비타수민!   137

♕ 어머니의 대를 이어 받은 미스코리아   179

♕ 미인대회 4관왕 파리 패션위크를 물들이다   191

왕관 씌워주는 여자

이채은

방송인(연합뉴스TV 한국직업방송, TBN경인교통방송, 경기방송, 아름방송, MBN, 복지TV 등 출연)
현재 가온스피치 앤 퍼스널브랜딩 대표

옆의 언니가 진이 될 것 같습니다

온 가족이 함께 보던 미스코리아 선발대회

"올해의 미스코리아 진은 과연 누가 될까요?"

진 발표를 앞두고 마지막 2명이 남은 순간. 사회자가 물으면 한 껏 상기된 표정의 후보들이 이렇게 답을 하곤 했다.

"옆의 언니가 진이 될 것 같습니다."

내가 어린 시절, 미스코리아 선발대회는 전 국민을 TV 앞에 모이게 했다. 한 명 한 명 후보가 등장할 때마다 나름대로 점수를 매겨 보기도 하고 누가 진이 될지 서로 내기를 하기도 했다. 진을 발표하는 순간은 왜 그렇게 긴장이 되던지 사회자가 시간을 끄는 모습이 원망스럽기까지 했다.

미스코리아 대회가 끝나면 예쁜 옷을 입고 머리에 장난감 왕관을 쓰고 마치 TV 중계에서 본 것처럼 행진을 하고 수상소감을 따라 하곤 했다. 아마 나뿐만 아니라 꽤 많은 여성들에게 비슷한 경험이 있을 것이다. 그만큼 미스코리아 대회는 많은 여성에게 선망의 무대이자 영광스러운 자리였다.

요즘은 미스코리아 대회에 대한 관심이 예전보다 못하고 미인대회와 관련된 논란도 많이 나오고 있다. 그러다보니 미스코리아에 왜 나가는지, 미인대회에 참가하려는 이유가 무엇인지 알 수 없다는 반응도 있고, 미인대회 자체에 대해 부정적인 인식을 갖는 사람도 많다. 그럼에도 불구하고 매년 수많은 여성들이 미스코리아 또는 미인대회에 도전을 하고 있다. 과연 그 이유가 무엇일까?

나도 할 수 있을까?

나 역시 어렸을 때부터 미스코리아 무대에 서 보고 싶다는 생각을 했다. 하지만 키도 작고 눈에 띄는 외모도 아닌 데다 예능적인 재능이 있는 것도 아니어서 그저 남의 이야기라고만 생각했다. 특히 미스코리아 대회에 나가려면 최소 몇천만 원 정도의 돈이 들어간다는 소문에 일찌감치 미스코리아에 대한 꿈은 접어둔 터였다.

그렇게 평범한 학생으로 살던 어느 날, 학교에 붙은 포스터 한 장을 보게 됐다. 월드미스유니버시티라는 대회였는데 20대 여대생 또는 여자 대학원생만 지원이 가능한 대회였다. 미스코리아만큼 유명하거나 큰 규모의 대회는 아니었지만, 전통이 있는 대회였고 무엇보다 봉사활동에 가치를 둔다는 점에서 지원해보고 싶은 마음이 들었다.

1차는 서류심사였다. 프로필 사진 3장과 기본 인적 사항, 봉사활동 경험, 어학 점수 등을 제출해야 했는데 그때만 해도 일반인이 프로필 사진을 찍는 경우가 드물어서 사진도 없었고 어떤 식으로 지원서를 작성해야 하는지도 잘 몰랐다. 급한 대로 당시 유행했던 우정 프로필 사진을 찍는 곳에 가서 사진 3장을 찍었고 대학교 때 했던 봉사활동 증명서를 떼서 마지막 날 지원서를 접수했다. 당연히 서류 심사에서 떨어질 것이라고 생각해 서류만 내고 학교에서 진행한 해외문화탐방단 활동을 떠났다.

원래대로라면 탐방단 활동을 마치기 전에 2차 예심이 진행됐어야 했다. 약 3주간의 활동이 거의 마무리 될 때쯤 마지막 태국 일정이 있었고, 그때 활동 기간 중 처음으로 휴대전화를 켰다. 그때는 지금처럼 로밍이 되거나 와이파이가 있던 시절이 아니다 보니 해외에서 휴대전화를 쓸 일이 없었다. 그런데 부재중 전화에 20여 통의 같은 번호가 찍혀있었다. 대체 누가 이렇게 전화를 많이 했을까? 한국에 가면 연락해봐야겠다고 생각하고 휴대전화를 다시 끄려고 하는데 그 번호로 또 전화가 오는 것이었다.

"제가 지금 외국이라 전화를 받을 수가 없…"

내 말이 채 끝나기도 전에 대체 왜 이렇게 연락이 안 되나며 꼭 통화를 해야 한다는 목소리가 들렸다.

"여기 월드미스유니버시티 조직위원회인데요 태풍 때문에 지방에서 오는 후보들이 예심장에 오는 게 불편할 것 같아 예심을 일주일 뒤로 연기했으니까 꼭 참여해주세요."

행운이 따라주었던 것일까. 당연히 이미 예심이 끝났을 거라고 생각했는데 나에게도 기회가 왔다는 사실이 믿기지 않았다.

예심은 한국에 돌아오고 정확히 3일 뒤였다. 아직 여독이 풀리지 않은 데다 어떤 준비를 해야 하는지도 전혀 모르는 상태였다. 졸업사진 찍을 때 입으려고 사 둔 투피스를 입고 직접 헤어 메이크업을 했다. 사실 나는 화장도 잘 할 줄 모르고 꾸미는 것에 많이 서툰 상태였다. 그렇게 예심 장소로 갔다. 그런데 이게 웬일! 200여 명의 후보들이 미용실에서 풀 세팅을 하고 예쁘고 드레시한 원피스를 입은 상태로 예심장에 있는 것이 아닌가! 이대로 들어가면 망신만 당할 것 같아 바로 근처에 있는 화장품 가게로 달려갔다. 급하게 인조 속눈썹을 사서 붙이고 필요한 화장품을 사서 수정을 했다.

다시 예심장 안으로 들어가서 대기를 하는데 5명씩 무대에 올라와 자기소개를 한다고 했다. 살면서 단 한 번도 제대로 된 자기소개를 해 보지 않아 그냥 이름과 학교만 말하면 되는 건지 알았는데 2분 내외로 자기 자신을 소개하는 시간이란다. 다들 어쩜 그렇게 준비를 잘해 왔는지 점점 주눅이 들기 시작했다. 다행히 지원서를 늦게 내서 뒷번호였고, 다른 후보들이 하는 동안 열심히 멘트를 생각했다. 이렇게 끼가 많고 준비를 많이 한 후보들과 경쟁을 하려면 나만의 특색 있는 무언가가 있어야 한다는 생각이 들었다.

외국어 능력을 많이 보는 대회인 만큼 자기소개에 쓸 영어 한 문장과 일본어 한 문장을 생각했다. 하지만 외국어를 잘하는 후보가 많아 이 정도론 부족할 것 같았다. 그때 문득 예전에 봉사활동을 가서 배워뒀던 수화가 생각이 났고 수화를 한 문장 추가하기로 했다.

그렇게 급하게 만든 자기소개를 속으로 연습하고 있다가 드디어 내 차례가 됐다. 심사위원들이 바로 앞에 보이니 온몸이 사시나무 떨리듯이 떨렸다. 그러다 '어차피 못 볼 뻔한 예심, 여기까지 온 게 어디냐.'는 생각에 '끝까지 말은 하고 가자.'라는 마음가짐으로 자기소개를 시작했다. 자기소개 후에 즉흥 질문 시간이 있었는데, 1번부터 5번까지 중 숫자를 하나 뽑고 그 숫자에 해당하는 질문에 답을 하는 형식이었다. 내가 뽑은 질문은 '인터넷 실명제에 대해 어떻게 생각하는가?'였다.

자기소개까지는 어떻게든 했는데 갑자기 머릿속이 하얘졌다. 그렇게 어려운 질문이 아닌데도 무슨 말을 해야 할지 도통 생각이 나질 않았다. 그렇다고 이대로 그냥 내려갈 순 없었다. 일단 심사위원을 보며 웃기로 했다. 내가 웃자 나를 전혀 보지 않던 심사위원들이 나를 보면서 한 번씩 웃어주었고 마음이 조금 편안해져서 대답을 할 수 있었다.

그때 무슨 말을 했는지는 잘 기억이 나질 않는다. 무대에서 내려오면서 '대체 내가 무슨 말을 한 건가?'라는 생각을 했던 걸 보면 아마 두서없이 이상한 말을 한 것 같다. 그렇게 무대에서 내려와서 사진 심사까지 마치고 집으로 돌아왔다. 서류에서 탈락할 것이라고 생각했는데 2차 예심까지 가 봤으니 아쉬움은 없다고 생각하고 여독을 풀기 위해 깊은 잠에 들었다.

"왜 이렇게 또 연락이 안 되는 건가요?"

이틀 뒤 잠결에 계속 전화벨이 울려서 약간 짜증을 내며 받은 전화였다. 그런데 상대방은 더 화가 나 있는 것 같았다.

"누구세요?

"여기 월드미스유니버시티 조직위원회인데요 최종 본선 진출하셔서 안내사항을 알려드려야 하는데 연락이 너무 안 돼서요."

순간 꿈인가 싶었다. 내가 최종 본선에 올랐다니. 일단 알려주는 내용을 듣고 알겠다고 하고 전화를 끊고 다시 잠이 들었다. 그렇게 몇 시간을 더 자고 잠에서 깨었을 때, 휴대전화 통화 목록과 문자 내용을 보며 꿈이 아니라는 것을 깨달았다. 바로 일어나서 컴퓨터를 켜고 월드미스유니버시티 홈페이지에 접속해 봤다. 최종 본선 진출자 명단이 올라와 있었는데, 그중에 내 이름도 있었다.

대회 공식 프로필 촬영을 하고 1박 2일간 봉사활동을 한 뒤 약 일주일간의 합숙에 들어갔다. 강남역에 모여서 함께 버스를 타고 합숙 장소로 이동을 하고 합숙 장소에 도착하면 번호를 정한다. 우리는 그때 키 순서대로 번호를 정했는데 제일 큰 친구가 1번, 제일 작은 친구가 마지막 번호인 59번이었다. 번호가 정해지면 방을 배정받는데 우리는 4명이 한 방을 썼다. 나는 형제도 없고 다른 사람과 오랜 시간 함께 지내본 경험이 적다 보니 설레기도 하고 걱정도 됐다. 하지만 걱정도 잠시, 짐을 풀고 서로 인사를 나누면서 어느새 친해져 있었다.

합숙 중에는 정해진 시간과 규칙을 잘 따라야 한다. 여자 4명이 한 방을 쓰다 보니 가장 문제가 되는 부분이 화장실 사용이다. 우리 방은 2명은 밤에 머리를 감고 다른 2명은 아침에 머리를 감기로 약속을 했고 1인당 최대 몇 분까지 화장실을 쓰기로 미리 정해 놓았다. 또, 아침에 일어나야 하는 시간에 못 일어나는 친구가 있으면 서로 깨워주기로 했다. 이렇게 규칙을 미리 정해 놓아서인지 룸메이트들과 큰 문제는 없었는데 다른 방의 경우 다툼이 있는 친구들도 종종 있었다. 물론, 다툼이래 봐야 별거 아닌 것들이 대부분이라 금방 또 풀어지곤 했다.

보통 아침 9시부터 하루 일정이 시작된다. 합숙 중에는 스피치 연습, 워킹 연습, 사진 및 영상 촬영, 인터뷰, 군무 연습 등이 진행되는데, 이 모든 연습이 끝나면 새벽 1~2시가 되어있다. 그러다보니 체력적으로 많이 힘들어지게 되었고, 평소 입이 짧은 내가 하루 세끼를 꽉 채워서 다 먹고 중간중간 간식까지 다 챙겨 먹었음에도 합숙이 끝났을 때 몸무게가 3kg이나 빠졌을 정도였다. 그래서 비타민이나 자신만의 건강관리 식품 등을 챙겨가는 것이 좋고, 끼니는 거르지 않고 잘 챙겨 먹는 것이 중요하다. 또, 워킹 연습을 하다 보면 발에 물집이 잡히거나 발뒤꿈치가 까지는 경우가 많기 때문에 반창고나 연고를 준비해 둘 필요가 있다.

상비약 중에서도 가장 필요한 것이 바로 변비약이다. 여러 명이 함께 생활을 하는 데다 예민해지기 때문에 변비로 힘들어하는 친구들이 많이 있다. 물론 주최 측에서 상비약을 준비해 놓긴 하지만, 개인 약품도 필요한 것을 준비해 두는 것이 좋다. 다만 미스코리아 최종 본선이나 일부 대회는 처방받은 약만 소지할 수 있기 때문에 그런 경우에는 꼭 필요한 약을 병원에서 처방받아서 가져가야 한다.

합숙 중에는 스텝 평가 혹은 인성 평가가 이루어지는데, 합숙 중 생활 태도를 보는 것이다. 스텝들은 합숙 기간 내내 후보들과 함께 생활하기 때문에 가장 가까이에서 후보들의 면면을 다 보게 된다. 누가 집합 시간에 지각을 하는지, 태도가 불량한 후보는 누구인지, 친구들과 트러블이 자주 있는 후보가 누구인지 다 체크한다. 반대로 성실하고 다른 사람들 잘 배려하는 후보들도 체크를 한다. 스텝 평가를 수상에 반영하는 것은 심사위원장과 심사위원들의 몫이지만, 실제로 점수상으로는 1위였던 후보가 스텝 평가에서 낮은 점수를 받아 순위가 떨어지는 경우가 있고 심사 점수는 조금 낮지만 스텝 평가가 좋아서 상을 받는 경우도 꽤 있다. 그렇기 때문에 합숙 기간 내내 성실하고 적극적으로 행동하고 다른 후보들을 잘 챙기고 배려해야 한다.

다른 후보의 가방을 찢었다고요?

TV나 신문 기사를 보면 미인대회에서 후보들끼리 서로 질투를 해서 싸운다거나 못된 행동을 한다는 이야기가 많이 나온다. 나역시 합숙에 들어갈 때 가장 걱정했던 부분이다. 나의 경우는 그런 상황은 경험하지 못했다. 가끔 사소한 말다툼이나 약간의 시기와 질투가 있기는 했지만, 많이 서운하거나 깊은 상처가 될 정도는 아니었다.

물론 경쟁을 해야 하다 보니 어쩔 수 없이 견제를 좀 한다거나 이상한 소문이 돌기는 한다. 여러 소문 때문에 마음이 상하기도 하고 힘이 빠져서 포기할까 싶은 생각이 들기도 한다. 내가 합숙 중일 때에는 유독 13명의 후보만 인터뷰를 따로 한다거나 기자들이 관심을 가졌는데, 그러다보니 그 13명이 수상을 할 것이고 순위도 이미 다 정해져 있다는 소문이 퍼졌다. 아무리 참가 자체만으로도 기쁘다고 하지만, 그래도 이미 모든 게 정해져 있다는 얘기에 기운이 빠졌다. 그 친구들의 집안이나 스펙에 대한 이야기가 돌면서 왜 우리 집은 풍족하지 않은지, 내 스펙은 왜 이 정도밖에 되지 않는 건지 자괴감을 느끼기도 했다.

결론부터 이야기하자면, 그 소문은 사실이 아니었다. 물론 그 13명 중에 실제로 수상을 한 친구도 있지만 상을 받지 못한 후보도 있었고, 전혀 입에 오르내리지 않던 후보가 큰 상을 받기도 했다. 나중에 들어보니 기사를 쓸 때 좀 더 이슈가 될 만한 친구들을 기자들이 임의로 선정한 것이었고, 그 기자들은 심사에 참여를 하지 않았다. 또 누가 돈을 얼마를 투자했느니, 어떤 집안 딸이라느니 하는 이야기는 다 뜬소문이었던 것으로 밝혀졌다.

돌이켜보면 정말 별거 아닌 일이었지만, 그때는 마치 모든 세상이 다 이런 소문과 같을 것이라는 생각에 마음이 많이 아팠던 것 같다. 그리고 결과가 나왔을 땐 '아, 이건 정말 인정할 수밖에 없는 결과야.'라는 생각에 오히려 그런 생각이 사라졌다.

기사나 밖으로 도는 소문은 당연히 자극적일 수밖에 없다. 합숙 중에 나왔던 기사에 어떤 후보가 다른 후보의 가방을 찢었다는 이야기가 있었다. 기사를 보면서 누가 그랬을까 궁금해하고 있었는데 그 기사를 쓴 기자가 취재하고 인터뷰를 한 방은 우리 방이었다. 혹시 내 가방이 찢어졌나 하고 룸메이트들이 자기 가방을 살펴봤지만 4명의 가방은 모두 말짱했다. 알고 보니 한 후보가 예전에 어디선가 소문으로 들었던 내용을 언급하며 "그런 소문도 있던데 우리는 그런 거 없어요."라고 이야기를 했는데 그 내용이 기사에 마치 미인대회에선 그런 일이 으레 발생한다는 것처럼 나간 것이었다.

대회가 끝난 후에 후보들이 모여서 합숙할 때의 에피소드를 자주 이야기하는데, 지금은 마냥 유치하고 재미있기만 한 일이 그때는 왜 그렇게 심각하고 속상했는지 모르겠다는 이야기도 종종 한다.

꿈의 무대에 오르다

합숙 일정 중에 예비심사가 진행된다. 보통 사전심사, 예비심사라고 부르는 이 심사는 미인대회에서 가장 중요한 심사이다. 내가 나갔던 대회에서는 자기소개, 즉흥 인터뷰, 드레스 심사가 진행이 됐다. 그동안 열심히 연습한 내용을 평가받는 자리라고 생각하니 예심 때보다 더 떨렸다. 미리 챙겨간 청심환을 먹고 수백 번 연습한 자기소개를 또 되뇌었다. 끼 많고 당당한 다른 후보들을 보며 나는 띌 수 있는 게 없을까 고민하다가 자기소개 멘트를 조금 바꿔보기로 했다. 드디어 내 차례가 됐고, 나는 손을 들어 올리며 이렇게 말했다.

"심사위원 여러분, 제 손 한 번 봐주시겠어요? 저는 제 손이 예쁘다고 생각하는데요. 이렇게 예쁜 손을 그냥 두는 것이 아니라 도움이 필요한 사람들에게 먼저 건네겠습니다."

이렇게 한 이후에 그동안 준비했던 자기소개를 차근차근 해 나갔다. 많이 떨렸지만 큰 실수 없이 자기소개와 즉흥 인터뷰를 마쳤고 그것만으로도 내 자신이 많이 성장했다고 느꼈다. 대회가 끝나고 단장님께서 해주신 말씀이 있다. 그때 그 자기소개가 정말 인상적이었고 예심 때보다 많이 발전한 모습을 칭찬해주고 싶으셨다고 한다. 수상과 상관없이 자신감과 대범함이 생긴 것이 가장 큰 소득이었다.

예비심사와 리허설이 끝나고 드디어 최종 본선 날! 우리 때는 세 군데에서 생중계와 녹화방송을 했는데, 부모님과 친구들이 지켜보는 앞에서 나를 보여야 한다는 생각에 설레기도 했지만 부담도 많이 됐다. 특히 워킹을 못 해서 지적을 많이 받았기 때문에 혹시라도 넘어지면 어떡하나, 동선이 꼬이면 어떡하나 더 불안했다. 하나 남은 청심환을 챙겨 먹고 그동안 연습한 대로만 하자고 생각했다.

드디어 막이 오르고 군무, 자기소개, 드레스 워킹까지 모든 순서가 다 끝났다. 개인적으로는 실수 없이 웃으면서 무대를 마쳤다는 생각에 안도감이 가장 컸다. 비록 수상을 하지는 못했지만 일주일간 합숙을 하며 배우고 성장했던 모습들이 머릿속에 그려졌고 함께 지냈던 친구들과의 우정이 너무나도 소중하게 다가왔다.

무대는 나의 힘

친구들과 사진을 찍고 인사를 나누며 집으로 향했다. 이제 드디어 12시 전에 잘 수 있다는 생각에 발걸음도 가벼웠다. 며칠간은 합숙 후유증으로 몸살 약을 먹으며 버텨야 했지만, 대회에 참가한 일주일은 내 인생에서 가장 눈부시고 아름다웠던 시간이었다.

가끔은 조금 더 나를 가꾸고 준비를 잘 해서 상을 받았더라면 더 좋았을 걸 하는 아쉬움이 남기도 했지만, 상보다 더 큰 성장이라는 것을 배웠고 무엇보다 큰 무대 위에서, 큰 카메라 앞에서 당당하게 나를 표현할 수 있다는 자신감이 생겼다.

그리고 가장 큰 수확은 바로 친구들이다. 내 전공 분야나 내가 사는 동네가 아닌 전국 각지에서 다양한 전공을 하고 있는 친구들을 사귈 수 있었다. 그 친구들과는 15년 가까이 지난 지금도 서로 연락을 하고 우정을 이어오고 있다.

가끔 대회 때 사진을 보거나 그때의 추억을 떠올릴 때가 있다. 어리고 아직 갖춰지지 않았던 그 당시의 모습이 부끄럽기도 하고 다소 촌스러운 모습에 시쳇말로 흑역사로 기억되기도 하지만, 한편으로는 그 무대에 섰던 경험이 더 발전된 나 자신을 만들어주었다는 생각이 든다. 20대 가장 예쁘고 열정이 많을 시기에 남들이 쉽게 해보지 못하는 경험을 했다는 것만으로도 큰 자산이다. 또 예쁜 드레스를 입고 화려한 무대 위에 오르는 것은 많은 여성이 꿈꾸는 일이기도 하다.

친구들 사이에서는 당시 내가 다녔던 학교 이름을 따서 '미스 한

양'으로 불리기도 했는데, 수상자는 아니지만 최종 본선 진출자이다 보니 언행이나 마음가짐에도 변화가 많이 생겼다. 특히 봉사를 실천한다는 대회 취지에 맞게 동기들과 함께 봉사활동을 다녔고 몇 년 전에는 봉사단을 만들기도 했다.

이런 점 때문에 상당수의 여성이 미인대회에 관심을 갖고 도전하는 게 아닐까 싶다. 미인대회 그 자체가 목적이나 수단이 되는 것은 위험한 일이겠지만, 인생에 소중한 추억 한 페이지를 만들고 자신감과 자존감을 높인다는 점에서 미인대회는 긍정적인 측면이 많다.

왕관을 씌워드립니다

평범한 취업준비생으로

대회가 끝나고 다시 평범한 학생으로 돌아왔다. 석사 과정 마지막 학기였던 때라 논문을 쓰고 졸업 시험을 준비하느라 정신없이 바빴고, 미인대회 경험은 마치 꿈을 꾼 것처럼 희미해져 가고 있었다. 미인대회에 나갔다 오면 내 인생이 드라마틱하게 바뀔 거라 생각했지만 출전 이전과 이후에 큰 변화는 없었다. 변한 게 있다면 경력 한 줄 추가했다는 것 정도일 것이다.

그렇게 졸업을 하고 그동안 꿈꿔 왔던 아나운서에 도전했다. 아나운서 지원자 중에는 미스코리아나 미인대회 수상자가 정말 많다. 아무래도 미인대회 타이틀이 아나운서가 되는데 도움이 되지 않을까 싶어서 대회에 나가는 경우가 많고, 나 역시 대회에 출전한 이유 중 하나가 아나운서가 되고 싶다는 것이기도 했다. 하지만 막상 준비를 하고 시험을 보다 보니 미인대회 경력은 아나운서가 되는데 큰 도움이 되지 않았다. 예전처럼 미스코리아 진선미는 연예인이나 방송인으로 진출이 보장되는 시대도 아니고, 오히려 아나운서가 왜 미인대회에 나가야 하나며 안 좋은 시선으로 보는 경우도 있었다.

그럼에도 불구하고 아나운서 중에는 미인대회 출신이 정말 많다. 나의 경험을 살려 그 이유를 생각해 봤다. 일단 미인대회 준비 과정이 아나운서 준비 과정에 도움이 많이 된다. 미인대회를 준비하려면 스피치 연습을 열심히 해야 하는데 발성, 발음, 표정, 표현력, 전달력, 순발력 등을 다 연습하게 된다. 이런 과정이 아나운서 면접 준비에 도움이 것이다.

또 하나는 이미지 메이킹이다. 미인대회에서는 사진을 찍거나 무대 위에 서는 일이 많은데, 그러다보면 내가 어떤 이미지이고 어떻게 해야 조금 더 내 이미지를 좋게 보일 수 있는지 파악하게 된다. 아나운서 역시 카메라 앞에 서야 하는 직업이다 보니 호감 가고 신뢰감 있는 이미지가 중요한데 이런 부분에서도 도움이 될 수 있다.

세 번째는 자신감이다. 많은 사람 앞에서 여러 번의 심사를 경험해 보고 무대에도 서면서 자신감을 얻게 된다. 특히 심사 과정을 거치면서 면접을 제대로 경험해 볼 수 있다는 점이 자신감을 키우는데 가장 큰 원동력이 된다.

비단 아나운서뿐만 아니라 승무원, 취업 면접, 연예인 오디션 등도 면접 준비 과정이 크게 다르지 않다. 그렇다보니 미인대회 출신에게 조금 더 유리한 부분이 있는 것이다. 다만 미인대회 경력이 진짜 도움이 되기 위해서는 내가 지원하고자 하는 직종 분야의 기본적인 역량을 다 갖추고 정말 열심히 준비를 했을 때이다. 자질을 다 갖추지 못했는데 미인대회 수상자라는 이유만으로 합격하기는 어렵다. 그래서 미인대회는 나의 가능성을 확인하고 나를 조금 더 발전시키는 하나의 과정 정도로 생각해야 한다.

나 역시 수없이 많은 탈락과 실패를 경험했다. 하지만 그때마다 '내가 수백 명 앞에서도 떨지 않고 자기소개를 했던 사람인데 당연히 면접도 잘 볼 수 있지!'라는 생각으로 마음을 잡았다.

동기사랑 나라사랑

월드미스유니버시티에는 유독 아나운서 지원자가 많다. 유명 아나운서 중 이 대회 수상자가 있기도 했고, 다른 대회에 비해 스피치 평가를 많이 하는 데다 수영복 심사가 없어서 아나운서를 준비하는 사람들이 많이 지원한다. 대회에 나가기 전엔 아나운서가 되고 싶다고 생각은 하면서도 본격적인 준비를 해본 적이 없었는데, 대회에서 같은 꿈을 꾸는 친구들을 만나 정보를 공유하고 스터디

그룹을 만들어서 함께 공부를 하기도 했다.

그러던 중 정말 생각지도 못한 기회가 왔다. 월드미스유니버시티 동기 중 한 명이 지역 방송사에 다니고 있었는데 기자 겸 아나운서로 일할 사람을 급하게 찾는다며 지원해보라고 연락이 왔다. 다른 지원자들보다 나이도 많은 데다 빨리 꿈을 이루고 싶어 바로 이력서를 내고 면접을 보러 갔다. 너무나도 떨렸지만 친구의 도움이 있었던 데다 간절한 마음이 통했는지 합격을 했고 드디어 꿈을 이룰 수 있게 됐다.

그렇게 방송 활동을 시작했고 어느덧 13년 차가 되었다. 방송을 하면서 같이 대회에 나갔던 친구들을 현장에서 만나기도 하고 서로의 방송을 모니터하거나 응원을 해주기도 한다. 또, 내가 하지 못하는 방송이나 행사에 추천을 해주는 경우도 있다.

미인대회 나가시는 분들 도와드릴게요

착실히 방송 활동을 하다가 문득 불안해진 시기가 있었다. 방송 3~4년차 정도 됐을 때 내가 계속 방송을 할 수 있을까 겁이 났다. 또 다른 분야에 도전해보고 싶다는 생각도 들었다. 어떤 일이 좋을까 고민하다 선배 방송인들이 스피치 강사로 활동하고 있는 것을 보았고, 마침 아나운서가 되기 전에 스피치 강사 양성 과정을 수료하기도 해서 그 분야를 더 공부해보기로 했다. 다시 스피치 공부를 하고 자격증을 취득했다. 덧붙여 이미지 메이킹도 배웠다.

이제 강의만 시작하면 되는데 나이도 어리고 강의 경력도 없는데다 전공 분야도 아닌 사람을 강사로 써줄 리 만무했다. 기업체 강의는 힘들 것 같고 그렇다고 정식 학원을 차리기에는 부담이 많이 됐다. 그래서 일단 개인 과외를 해보기로 하고 인터넷 카페나 홍보 게시판에 글을 올렸다. 아주 간혹 1~2명씩 과외를 요청하기는 했지만 고정적으로 이어지는 경우는 별로 없었다. 다른 길을 찾아야 하나 고민에 고민을 거듭했다.

당시 한 라디오 방송사에서 일을 하고 있었는데 내가 이런 고민을 이야기하자 동료들이 같이 강의를 해볼 것을 제안했다. 관련 분야 전공자도 있었고 강의 경험이 많은 친구도 있어서 뜻을 모았고, 처음에는 무료 특강부터 시작해서 기업 강의와 대학교 강의 등을 이어갔다.

아이디어는 사소한 곳에서 나온다. 그 날은 행사가 있어서 메이크업을 받기 위해 미용실에 갔다. 그 미용실은 미스코리아를 많이 배출하기로 유명한 곳이었다. 자주 가던 곳인데 왜 유독 미용실 벽에 붙어 있는 미스코리아 수상자들의 사진이 그렇게 눈에 띄었는지 모르겠다. 갑자기 '미용실에서 헤어 메이크업과 이미지 메이킹을 해준다면, 나는 스피치를 도와줄 수 있지 않을까?' 하는 생각이 들었다. 여러 곳에서 도움을 받을 수 있는 지원자도 있지만 나처럼 비용적인 부담 때문에 미인대회에 선뜻 지원하지 못하는 사람들에게 도움을 주고 싶은 마음도 있었다.

동료들에게 이 이야기를 전했다. 마침 그중에 미인대회 출신도 있어서 함께 하면 시너지 효과가 더 나올 것이라고 생각했다.

우선 홍보부터 시작하기로 했다. 집에 가서 컴퓨터를 켜고 블로그에 접속했다. 내 블로그에는 아무것도 없는 상태였다. 무작정 글을 썼다.

"미스코리아, 월드미스유니버시티 등 미인대회 나가시는 분들 스피치 도와드릴게요."

딱 이 한 줄이었다. 솔직히 이 글을 누가 볼 거라고는 생각하지 않았다.

일단 분야별로 나누어 대회에 대해 공부하고 홍보도 조금 더 적극적으로 해보기로 했다. 그런데 며칠 후 연락이 왔다. 친구들과 함께 월드미스유니버시티 대회에 나가는데 스피치를 배울 수 있냐는 내용이었다. 바로 답장을 하고 스터디룸을 예약했다. 다섯 번정도 자기소개와 즉흥 인터뷰를 점검해 주고 내가 경험했던 내용들을 알려주었다. 첫 수업이다 보니 그 친구들과 함께 공부하고 연구하면서 대회 준비를 했다. 그리고 결과는⋯.

1위, 2위, 특별상 수상!

그렇게 미인대회 강사로서의 길이 시작됐다.

왕관 씌어주는 여자

첫 수강생들의 결과가 좋다 보니 입소문이 나기 시작했다. 월드

미스유니버시티뿐만 아니라 춘향, 미스코리아 등에 지원하는 사람들이 찾아왔다. 하지만 갑자기 예상치 못 한 일이 생겼다. 같이 하던 동료들이 다 좋은 조건으로 이직을 하게 된 것이었다. 너무나 축하할 일이었지만, 강의를 혼자 담당하기에는 부족함이 많았다. 그래서 또다시 공부를 시작했다. 스피치도 다시 처음부터 하나씩 배우고 이미지 메이킹도 더 전문적으로 배우기 위해 여러 과정을 수강했다. 뷰티 아카데미에서 메이크업과 헤어 스타일링도 배웠다.

가장 큰 문제는 워킹이었다. 나는 워킹을 제대로 배워본 적이 없는 데다 대회 내내 워킹을 못해서 많이 혼났다. 그래서 현직 모델을 찾아가 과외를 받았다. 내가 직접 보여주지는 못해도 기본적인 것을 알아야 점검을 해줄 수 있을 것이라고 생각했기 때문이다. 모델 워킹을 배우면서 자세 교정법과 포즈도 함께 배웠고, 미인대회 지원자들이 가장 힘들어하는 다이어트와 체형 관리를 도와주기 위해 체형관리사 자격증도 취득했다.

유튜브에서 국내외 미인대회를 검색해서 대회별로 분석을 했다. 그리고 가서 볼 수 있는 대회는 직접 현장에 가서 보기도 했다. 그렇게 하다 보니 학생들에게 조금 더 많은 내용을 알려줄 수 있게 됐고 찾아오는 수강생이 몇 배로 늘어났다. 이제 더 이상 과외만으로는 해결이 될 것 같지 않아서 정식으로 사업자를 내고 작은 공간도 마련했다. 사실 정말 작은 공간이고 공유 사무실이라 여건이 좋지 않았는데도 와서 열심히 배우고 좋은 성과를 내준 수강생들이 너무나 고맙다.

그렇게 정식으로 시작한 후에 예전 제자들에게 연락을 했다. 미인대회 수상자들이고 각자의 분야에서 전문적으로 일을 하고 있는 친구들이었는데, 혹시 워킹이나 이미지, 대회 노하우 등에 대해서 교육을 해줄 수 있는지 물어봤다. 그 친구들이 흔쾌히 응해주었고 내가 잘 모르는 부분이나 부족한 부분은 그 친구들의 도움을 받으며 미인대회 교육을 이어오고 있다.

미인대회 강사라고는 하지만 사실 나는 왕관을 써보지 못했다. 그런데 나와 함께 준비한 친구들은 약 300명 정도가 왕관을 썼다. 그래서 좀 유치하지만 내 닉네임을 왕관 씌워주는 여자라고 정하고 혼자 준비하는 친구들을 위해 팟캐스트를 제작하고 칼럼을 쓰면서 미인대회 강사라는 나의 새로운 직업에서 입지를 더 굳혀가고 있다.

가장 빛나는 별

한국 음악계를 이끌어갈 재원

나와 함께 했던 모든 지원자가 다 기억에 남지만, 그중에서도 유독 기억에 남는 친구들이 있다. A도 그중 하나다. 큰 키에 동양적인 외모가 특징이었던 A는 국악을 전공하는 대학생이었다. 국악 무대에 많이 올랐지만 무대 위에만 서면 긴장이 되고 떨려서 제 실력을 제대로 발휘하지 못한다고 했다. 어머니와 함께 찾아온 그 아이는 대회 본선 진출이나 수상보다는 자신감을 찾고 싶다면서 나를 찾아왔다.

너무나 아름다운 외모에 국악은 잘 모르지만 실력도 출중한 것 같은데 왜 자신감이 없을까 싶었다. 수업을 진행하면서 대화를 많이 시도했다. 그러다가 어린 시절에 겪은 이야기를 하게 되었다. 어린 나이에 국악을 접하면서 노력도 많이 했지만 가끔 실수를 하기도 하고 연습량에 비해 잘 되지 않을 때가 있었는데, 그때마다 선생님이 그런 식으로 하면 무대에 세울 수 없다며 다그쳤다고 한다. 울면서 연습을 했지만 무대에 오르려고만 하면 자꾸 선생님의 말씀이 맴돌았고 그때부터 무대 공포증이 시작된 것 같다고 했다.

보통 발표 불안감이라고 부르는 이러한 공포증은 심리적인 요소가 많이 작용한다. 그냥 이야기를 할 땐 잘하는데 유독 악기 연주만 시작하면 긴장된다는 아이를 보며 특기보다는 표정과 자세에 더 집중하라고 이야기를 해주었고, 매 수업 시간마다 칭찬을 해주었다. 원래 춘향선발대회를 목표로 준비했지만 여전히 무대 공포증을 이기지 못해 2차 면접에서 아쉽게도 떨어졌다.

이번 일로 상심을 하면 어쩌나, 혹시 무대 공포증이 더 심해지면 어떡하나 걱정을 했는데 의외로 A는 생각보다 무대 위에서 그렇게 무섭지 않았다며 자신감이 생겼다는 이야기를 했다. 그동안 무대 위에 오르면 항상 무서운 선생님 얼굴만 떠올랐는데 이번 무대에선 심사위원들이 다 웃으며 자신을 봐주었고, 너무 긴장해서 실수를 했을 땐 괜찮다며 박수를 보내줘서 힘이 났다는 것이었다.

A는 다른 대회에 한 번 더 도전해 보고 싶다며 그해에 열린 한 미인대회에 나갔고 특별상을 수상했다. 그 자신감이 그대로 이어져 바로 예술 관련 공공기관에 지원을 했고 지금은 7년 차의 멋진 직장인이 되어 있다. 긴장감과 불안감을 극복하고 자신의 분야에서 열심히 일을 하고 있는 A는 다른 국악인, 예술인들에게도 긍정적인 영향을 주고 있을 것이라 믿는다.

얼굴에 분칠하고 남들 앞에 서는 건 절대 안돼!

B는 모범생이었다. 교대에 다니며 임용고시를 준비하고 있었다. 착하고 성실한 딸이자 부모님과 온 친척들의 기대를 한 몸에 받는 집안의 장녀이기도 했다. 그런 B가 미인대회에 나가고 싶다고 하자 집안이 발칵 뒤집혔다. 평소에 통금 시간이 엄격하고 머리카락 염색도 안 되고 옅은 화장만 허용되던 집안 분위기에서 있을 수 없는 일이었다. 하는 수 없이 B는 부모님 몰래 아르바이트를 시작했고 자신이 모은 돈으로 대회 준비를 하고 싶다며 찾아왔다.

주변 사람들의 적극적인 응원을 받아도 긴장되는 게 무대인데 과연 할 수 있을까 걱정이 앞섰다. 더군다나 짙은 화장이나 몸에 붙는 옷, 짧은 치마를 접해본 적도 없다는 B가 미인대회에 적응할 수 있을까 싶었다.

사실 B와 함께 하는 기간이 나도 쉽지는 않았다. 스피치 연습을 하면서 요령을 알려주려고 하면 요령보다는 법칙과 암기 위주로만 하려고 해서 순발력이 필요한 순간엔 어려움을 겪었고, 조금이라도 실수가 나오면 자책을 심하게 해서 수업 시간 내내 나도 조마조마했다.

더 큰 문제가 발생했다. B의 부모님이 딸이 미인대회에 나가려 한다는 걸 아신 것이었다. B가 열심히 설득을 해 보았지만 절대 안 된다는 답만 반복되었다고 한다. 부모님 설득에 지친 B는 나에게 자신의 부모님과 대화를 해달라고 요청했다. 솔직히 부모님을 만나달라고 했을 때 적잖이 당황도 하고 걱정이 되기도 했다.

B의 부모님은 자신의 딸이 얼굴에 소위 말하는 분칠을 하고 짧은 치마를 입은 채 남들 앞에 서는 모습을 보고 싶지 않다고 하셨다. 스피치를 배우고 매너를 교육받는 것은 좋으니 대회 참가만 막아달라고 부탁하셨다. B의 입장도 이해가 되고 부모님의 의견에도 충분히 공감했다. 어떡할까 망설이다가 B가 진짜로 원하는 것이 무엇인지 물어보았다. 어떻게 보면 미인대회에 꼭 나가야 하는 게 아닌데 그렇게까지 하면서 나가려는 마음이 무엇인지도 궁금했다.

B는 늘 부모님의 바람대로만 살아왔다. 그래서 자기 자신을 알아보고 드러내고 싶은 마음에 미인대회를 생각했고 이왕에 이렇게 시작했으니 무대 위에서 잘하는 모습을 보여드리고 싶다고 했다. 그리고 이러한 자신의 도전이 나중에 교사가 되어서 학생들에게도 좋은 자극이 될 것이라 생각한다고 했다.

B의 이야기를 듣고 그럼 절충안을 만들어보자고 했다.

첫 번째, 미인대회 준비를 하더라도 학업과 임용고시 준비에 소홀하지 않을 것.

두 번째, 수영복 심사가 있는 대회는 피할 것.

세 번째, 자유복 심사에서 과도한 노출이 있는 의상은 입지 않을 것.

네 번째, 한 번의 도전으로 끝낼 것이었다.

B는 그렇게 하겠다고 했고 이러한 내용을 부모님께 말씀드렸다. 물론 부모님은 여전히 반대하셨다.

부모님을 설득하면서도 B는 계속 대회 준비를 했고 드디어 대회 날이 됐다. 응원하러 아무도 오지 않을 거라는 말에 내가 대신 응원을 하러 갔다. 중간중간 긴장한 모습이 보이고 실수도 좀 있었지만 그래도 대견하게 무대를 이어가고 있었다. 그리고 특별상을 수상했다.

나중에 B의 부모님이 대회 영상과 사진을 보시곤 이런 대회에 대체 왜 나가는 것이냐며 여전히 이해가 안 된다고 하셨다고 한다. 하지만 그러면서도 사진에서 눈을 떼지 못하셨다며 이제 학업에 집중하겠다는 후기를 들려주었다.

B 말고도 부모님의 반대로 대회에 참가하지 못하거나 부모님 몰래 참가하는 지원자를 많이 본다. B처럼 자신만의 추억으로 남겨두는 경우도 있고, 무대 위에 선 딸의 모습을 보고 부모님이 생각이 바뀌어서 오히려 다른 대회에도 나가보라며 추천을 해 주는 경우도 있었다.

딸이 대회에 나가는 게 자랑스러울 수 있지만, 한편으론 그 안에서 상처를 받을까봐 혹은 진로에 좋지 않은 영향을 줄까봐 걱정이 될 수도 있다. 그래서 미인대회에 나갈 때엔 그런 모든 것을 다 고려해 보고 지원하는 게 좋다고 생각한다. 그럼에도 불구하고 나가기로 했으면 부모님과 가족이 지켜보고 응원해 주는 것도 필요하다고 생각한다.

말하는 대로 생각하는 대로

C는 미스코리아의 꿈을 키우기 시작했을 때부터 롤 모델로 생각하던 사람이 있었다. C가 지원하기 2년 전에 당선된 미스코리아였는데, 그 사람에게 왕관을 받고 싶다고 했다. 하지만 왕관은 바로 직전 해의 당선자들이 물려주기 때문에 C가 그 수상자의 왕관을 받을 수는 없었다. 그녀는 미스코리아로 당선이 되면 실제로도 만나볼 수 있지 않을까 하는 희망으로 대회 준비를 했다.

키가 커서 늘 주목을 받아왔다는 C는 처음 왔을 때만 해도 자존감이 많이 낮은 편이었다. 열심히 공부해서 원하는 대학교에 갔고 모범생으로 잘 지내왔지만, 앞으로 무엇을 해야 하는지, 자신의 매력이 무엇인지, 자신이 잘하는 것이 뭔지 잘 모른다는 것이었다.

자신을 그저 키 큰 여대생 정도로만 생각해 왔던 C지만 어느 날은 어울리는 스타일을 찾아 예쁘게 화장을 하고 왔고, 또 어떤 날은 몸에 붙는 청바지를 입고 오기도 했다. 꾸준히 운동을 하면서 탄탄한 체형을 만들었고 습관적으로 말끝을 끄는 경향이 있었는데 그런 습관도 서서히 개선해 나갔다.

준비를 시작하고 두 달쯤 지났을 때 C는 꼭 미스코리아가 돼서 자신의 롤 모델과 사진을 찍을 것이라고 말을 했다. 나는 그 생각을 하루에 한 번씩 꼭 하라고 이야기했다.

드디어 대회 날. 모든 순서를 마치고 시상식만 남겨놓은 상황이었다. 전년도 수상자들이 나와서 왕관을 물려주어야 하는 순서인데 직전 해에는 미스코리아 지역 대회 체계가 일시적으로 바뀌어서 진선미 수상자가 아닌 탑3 형태였고 왕관을 물려주기가 모호했다. 그래서 그 해에는 전전년도 수상자들이 왕관 수여식을 하게 되었다.

C는 눈앞에서 자신의 롤 모델을 보았다. 그리고 정말 놀랍게도 그 사람에게 왕관을 물려받았다. 늘 말하던 대로 함께 사진도 찍었다.

D 역시 롤 모델로 생각하던 수상자가 있었다. 첫 수업 때 목표가 무엇인지, 누구에게 왕관을 받고 싶은지 이야기하라고 했을 때 D는 한껏 상기된 표정으로 자신의 롤 모델을 이야기했다. 매일 밤 잠자리에 들기 전에 자기소개, 군무, 수영복 워킹, 드레스 워킹까지 훌륭하게 잘 해내고 시상식에서 그 롤 모델에게 왕관을 받는 상상을 3번씩 하라고 이야기해주었다. 이런 방법을 이미지 트레이닝이라고 부르는데, 운동선수들이 중요한 경기를 앞두고 사용하는 방법이기도 하다.

D는 그 롤 모델의 영상을 계속 돌려보며 연습을 했고, 더 나아가 자신만의 키워드와 매력을 만들어냈다. 그리고 D 역시 말하던 그대로 자신의 롤 모델에게 왕관을 물려받았다.

예전에 어느 책에서 이런 구절을 본 적이 있다.

'우리의 몸과 마음은 마치 자석과 같아서 생각하는 대로 몸이 움직인다.'

나는 말의 중요성을 믿는다. 함께 준비한 친구들이 실제로 말하는 대로 이루어진 경우가 많았고 나 역시 내가 말하는 것들이 현실이 되었다.

일단 말을 하게 되면 그 말을 지키기 위해서라도 열심히 하게 된다. 또, 그러한 말을 듣고 주변에서 도움을 주기도 한다. 무언가 목표가 생겼다면, 이루고 싶은 꿈이 있다면 그 목표를 이루는 상상을 하고 그 꿈을 이루겠다고 말을 해 보라고 권하고 싶다. 마가렛 대처의 명언처럼 생각은 말이 되고 말은 행동이 되고 우리는 생각하는 대로 된다.

작은 날갯짓이 날씨를 변화시키듯

E는 한 쪽 귀가 들리지 않는다. 수업이 반 이상 진행됐을 때까지도 전혀 눈치채지 못했는데, 지원동기를 연습하면서 E가 꺼낸 말이었다.

E가 대회에 나가는 이유는 추억을 만들고 경험을 하고 싶은 것도 있었지만 몸이 조금 불편하거나 어려운 상황에 있는 사람들에게 할 수 있다는 것을 보여주고 싶어서라고 했다. 실제로 미인대회 수상자들 중에는 장애가 있거나 힘든 환경을 극복한 사람들이 꽤

있었는데, E 역시 그들을 보며 꿈을 키워 왔고 이제는 자신이 누군가의 꿈이 되고 싶다고 했다.

E의 가장 큰 장점은 공감 능력이었다. 한 쪽 귀가 잘 들리지 않다 보니 어렸을 때부터 사람들의 입모양과 표정을 더 유심히 관찰했고, 대화를 할 때에도 더 귀 기울여 듣는 습관을 들였다고 한다.

하얗고 통통한 얼굴에 동그랗고 큰 눈이 매력적인 후보였다. 그 매력을 살려 무대 위에서 당당하게 자신을 표현했고 특별상을 받았다. 그리고 E의 강점인 공감 능력을 잘 발휘해 우정상도 함께 수상했다.

흔히 미인대회 지원자라고 하면 '내가 제일 예뻐!', '내가 제일 잘나가!' 이런 마인드를 소유하고 있을 것이라고 생각한다. 물론 그런 후보들도 많다. 그럴 경우에는 당당함을 무기로 무대에서 자신을 잘 표현하면 된다.

하지만 반대의 경우도 있다. 자존감이 너무 낮아서 무대 경험을 통해 자존감을 높이려는 후보도 있고, 힘든 고비가 있었거나 어려움을 겪고 있다가 극복해낸 자신의 이야기를 들려주고 싶어 하는 후보도 있다.

한 수상자는 어릴 때 죽을 고비를 넘겼다. 지금은 너무나 건강하게 자신의 분야에서 열심히 살고 있는데, 그런 이야기를 들려주며 사람들에게 희망을 주고 싶어 미인대회에 출전했다.

또 다른 수상자는 학창 시절 학교 폭력으로 자퇴를 하고 한동안 우울증 치료를 받았다. 다행히 좋은 친구들 덕분에 마음의 상처를 극복하고 사회복지사를 꿈꾸며 검정고시를 보고 대학에도 입학했다. 그녀는 무대에 선 자신을 보면 그때 도움을 주었던 친구들이 기뻐할 것 같다고 했다. 또 대부분의 미인대회가 평화, 봉사가 취지인 만큼 대회를 통해 비폭력에 대해 알릴 수 있을 것이라 생각해 대회에 나가고 싶다고 했다.

많은 지원자가 요즘 '선한 영향력'이라는 말을 쓴다. 처음에는 종교적인 관점에서 시작한 표현이었지만 지금은 여러 곳에서 흔히 쓰는 단어가 됐다. 선한 영향력을 펼치는 방법은 여러 가지가 있겠지만 미인대회도 그중 하나가 될 수 있다고 생각한다.

미인대회 지원자들과 수상자들은 봉사활동이나 전쟁 반대, 폭력 반대 등의 활동에 참여하게 되는데, 이런 활동이 여러 곳에 알려지고 퍼지면 더 많은 사람들에게 긍정적인 영향을 줄 것이다. 어찌 보면 아주 작은 움직임일 수 있지만 그 움직임이 더 큰 물결이 될 수도 있고 이런 점은 미인대회의 순기능 중 하나라고 생각한다.

엄마도 한 때는 꽃이었어

어느 날 한 남성에게서 전화가 왔다. 아내가 미즈 대회에 나가려고 하는데 도움을 줄 수 있냐는 것이었다. 그의 아내인 F는 유치원생 자녀가 둘 있는 40대 전업주부였다. 평범한 대학생에서 회사원으로 살던 그녀는 육아를 하며 일을 그만두었다. 아이가 어느 정도 크고 다시 일을 하려고 했지만 공백 기간이 길어 쉽지는 않았

다. 그 과정에서 우울증이 오기도 했고 자신감도 많이 떨어졌다고
한다.

그런 아내를 지켜보던 남편은 미즈 대회에 나가 볼 것을 권했다.
우연히 인터넷에서 미즈 대회 포스터를 보았고 자신의 아내가 그
런 무대에 서 보면 좋을 것 같다고 생각했단다. 남편의 손에 이끌
려 온 F는 지극히 평범한 자기가 어떻게 그런 무대에 설 수 있겠냐
며 남편을 설득해달라고 했다. 하지만 남편은 아내가 분명 할 수
있을 거라고 확신했다. 또 되든 안 되든 도전을 하는 엄마의 모습
이 자녀들에게도 자극이 될 것이라며 꼭 지원해 보자는 것이었다.

남편 말대로 가능성이 있으니 일단 도전해 보자고 F를 설득했
다. 내 말에 그녀는 그럼 경험만 해본다는 생각으로 도전해 보겠다
고 했고 그 날부터 준비를 시작했다.

처음에는 말을 하는 것도, 예쁘게 걷는 것도 어려워했다. 무슨
말을 해야 할지도 모르겠고 매일 운동화만 신고 다녀서 구두를 신
는 게 익숙치 않다는 것이었다.

그럴듯한 이야기나 정형화된 내용 말고 정말 하고 싶은 이야기
를 자기소개로 해 보라고 했다. 잠시 고민하던 그는 첫 문장을 이
렇게 시작했다.

"엄마도 한때는 예쁜 꽃이었어."

짧은 한마디였지만 그 말에 많은 감정이 담겨 있었던 것 같다.
40대. 주부. 누군가의 엄마. 아내. 정말 아름답고 멋진 단어이지
만 한편으론 사회에서 자신의 이름을 찾고 싶은 마음도 있었을
것이다.

"지금도 아름다워요."

자기소개를 마치고 조금은 민망해하는 F에게 이 말을 해 주었다. 그는 자신감을 조금씩 찾기 시작했고 대회가 다가왔을 즈음엔 놀라울 정도로 바뀌어 있었다. 대회에서 그는 1등을 했다. 왕관을 쓴 모습에 남편도, 아이들도 정말 기뻐하는 모습이었다. 대회 과정에서 F는 새로운 꿈이 생겼다고 한다. 무슨 꿈인지 물어봐도 나중에 결과가 나오면 알려주겠다며 흐뭇한 미소를 보이던 그는 2년 후 네일아트 숍을 열었다며 연락을 해왔다.

대회가 진행되는 과정에서 다른 후보들과 함께 하고 후보들을 챙겨주며 자신은 누군가가 아름다워질 때 보람을 느낀다는 것을 알았고, 예전부터 손재주가 좋았던 터라 네일아트를 배워보고 싶다는 생각을 했다. 그리고 지금은 어엿한 사장님이 되어서 다른 사람들을 예쁘게 만들어주고 있다.

요즘은 미즈 대회나 시니어 대회가 많이 생겼고 도전하는 사람들도 꽤 있는 편이다. 예쁨은 젊은 시절 한때일 수 있지만, 아름다움은 나이가 들고 세월이 흐를수록 더 깊어진다. 한때 예뻤고 지금은 아름다운 사람들의 도전이 누군가에게는 동기 부여가 되고 또 다른 누군가에게는 존경심이 될 수도 있을 것이다.

가장 빛나는 별

나는 수강생들을 가장 빛나는 별로 표현하곤 한다. 별이 빛나는 이유는 크기가 커서일 수도 있고 빛이 밝아서일 수도 있다. 가장 가운데에 있어서 빛날 수도 있고 제일 끝에 있지만 그 자리를 잘 지키고 있는 것만으로도 빛날 수 있다. 수상을 하든 수상을 하지 못하든 미인대회 참가자들은 한 명 한 명 다 빛나는 별이다.

미인대회에 대해 좋지 않게 생각하는 사람들이 있다. 왜 굳이 그런 대회에 나가야 하냐고 묻는 사람도 있고, 여성을 상품화시키기 때문에 폐지해야 한다는 사람들도 있다. 특히 성 상품화와 관련된 논란은 계속 이어져 왔고 앞으로도 많은 고민과 검토가 필요하다고 생각한다.

하지만 분명히 긍정적인 부분도 있다. 밖에서 보는 것보다 그 안에 들어가면 순기능을 더 확실히 느끼게 된다. 후보 개인적인 측면에서는 자신감과 자존감을 키울 수 있다는 점이 가장 긍정적인 측면이라고 본다.

사회적인 부분에서는 앞서 잠시 언급했던 것처럼 봉사활동이나 사회 공헌 활동에 미인대회 후보와 수상자들이 자주 참여를 하고 그런 움직임이 더 다양한 곳으로 전파되는 것이 가장 좋은 영향이라고 생각한다.

해외에선 한국 대표에 대한 관심이 상당히 많은데, 그중에서도 한국 대표가 쓰는 화장품, 옷, 한국 대표가 듣는 음악에 관심을 보이는 경우가 많다. 그래서 한국 대표들은 K뷰티와 K팝을 알리는 민간 외교관 역할도 할 수 있어야 한다. 또 한국의 문화와 역사를 알리는 데에도 적지 않은 역할을 기대할 수 있다.

최근 들어 우리나라뿐 아니라 세계대회에서도 미인대회에 변화의 바람이 불고 있다. 수영복 심사를 없앤다거나, 사회적으로 목소리를 낼 수 있는 사람을 선발한다거나, 기존의 획일화된 아름다움이 아니라 개성과 앞으로의 발전 가능성을 심사 항목에 넣는 등의 움직임을 보이고 있다.

물론, 여전히 사람을 외모로 평가한다거나 하는 등의 논란거리가 있지만, 그럼에도 불구하고 긍정적으로 작용하는 것들이 많다. 논란이 될 만한 부분은 다양한 의견을 듣고 하나씩 바꿔 나갈 수 있다. 중요한 것은 한 명 한 명 빛나는 후보들이 자신뿐만 아니라 다른 사람도 빛날 수 있게 미인대회의 순기능과 영향력을 잘 활용하는 것이다.

외모와 더불어 마음도 빛나는 별들의 도전이 더 늘어나기를 기대해 본다.

진선미라는 브랜드

제 꿈은 세계평화입니다

어릴 때 미스코리아 대회를 보면 어김없이 나왔던 2개의 단어가 있다. '현모양처'와 '세계평화'이다. 장래 희망은 현모양처이고 꿈은 세계평화라는 것이다. 당연히 멋진 희망이고 꿈이다. 하지만 모든 후보가 다 같은 생각일까? 또, 실현 가능한 걸까? 사람들이 공감을 할까?

여러 미인대회에서 비폭력과 세계평화를 외치고 있지만 그건 대회의 궁극적인 목표와 취지인 것이고 그런 목표를 달성하는 방법은 셀 수 없이 다양하다. 어떤 사람은 언론인이 되어서 자신의 목소리로 비폭력을 외칠 수 있고, 어떤 사람은 사회에 공헌할 인재를 양성하면서 세계 평화에 다가갈 수 있다. 또 어떤 사람은 문화예술가로서 자신의 작품을 통해 사회에 공헌할 수도 있는 것이다.

아름다움의 기준도 다 같지 않듯이 미인대회 지원동기와 자기 자신을 표현하는 방법도 사람마다 다 달라야 한다. 그래서 자기소개도, 지원동기도, 이미지 메이킹도 다른 후보와 차별화된 자신만의 것이 있어야 한다.

2000년대 초반까지만 해도 미인대회 스타일의 스피치가 있었다. 예쁘게 말하고 조금은 추상적이지만 아름다워 보이는 내용을 넣는 것이었다. 하지만 이제 그런 스피치는 통하지 않는다. 자신을 더 어필하고 돋보이게 구성하되 꾸미지 않은 있는 그대로의 모습을 보여주는 것이 좋다.

앞으로는 퍼스널 브랜딩이 대세가 될 것이라고 한다. 말 그대로 사람이 브랜드가 되는 것인데 미인대회 진선미 역시 하나의 브랜드가 될 수 있다고 본다. 그런 브랜드로 만들기 위해 나라는 사람을 개발하고 발전시키고 그 브랜드를 잘 보여주는 것이 미인대회 퍼스널 브랜딩이다. 브랜드를 잘 어필하기 위해서는 광고 홍보가 필요한데 미인대회에서 그 광고 홍보에 해당하는 것이 바로 스피치, 이미지, 워킹, 무대매너 등이다.

SWOT분석과 자기소개

자기소개는 자신을 보여줄 수 있는 가장 긴 시간이자 매력을 어필할 수 있는 좋은 기회이기도 하다. 많은 지원자가 추상적인 내용, 예컨대 "긍적적인 마인드로 임하겠다." 이런 식의 내용을 준비한다. 또, 명언이나 다른 사람의 이야기를 인용하는 경우도 꽤 있다. 하지만 자기소개는 자기 자신에 대해 이야기하는 것이지 누구나 다 알만한 내용이나 남의 얘기를 하는 것이 아니다. 자신이 어떤 사람인지, 구체적인 활동이나 경험을 이야기하고 그래서 이 미인대회에 어떤 도움이 될 것인지를 구체적으로 말하는 것이 좋다. 그리고 많은 지원자가 몰리는 만큼 특색 있게, 눈에 띄는 자기소개를 준비하는 것도 도움이 된다.

그래서 자기소개를 하기 전에 자기 자신을 제대로 파악하고 분석하는 작업이 필요하다. 경영학에 나오는 SWOT 분석을 자기소개에도 적용해 볼 수 있는데 나의 강점과 기회, 약점과 위기 등을 파악해 보고 그중에서 어필할 수 있는 강점을 최대한으로 끌어올리는 것이다.

자기소개는 '나'라는 사람을 하나의 광고로 만든다고 생각하고 구성하는 것이 좋다. 광고를 보면 소비자에게 각인이 될 만한 문구, 단어, 이미지, 씨엠송 등이 등장하는데 자기소개 역시 사람들이 나를 기억하게 만들어야 한다. 키워드가 될 만한 단어를 만드는 것도 좋고, 어떤 후보는 자신의 이야기를 씨엠송처럼 만들기도 한다. 또 어떤 후보는 내용 자체는 평범하지만 환한 표정이나 바른 자세로 심사위원들을 사로잡기도 한다.

다만, 키워드나 문구 등이 정말 나 자신을 확실하게 보여줄 수 있어야 하고, 크게 생각하거나 고민하지 않아도 듣는 사람이 바로 받아들일 수 있을 때 더 효과를 볼 수 있다.

아나운서 말투는 아나운서 시험장에서만

미인대회 심사에 종종 참여할 때가 있다. 가서 자기소개를 듣다 보면 여기가 아나운서 시험장인가 하는 생각이 들곤 한다. 전달을 잘해야 한다고 생각해서인지 목소리는 낮고 굵게 내리깔고 발음도 꾹꾹 눌러서 하는 후보들이 많다.

13년간 방송을 한 사람 입장에서 평가를 하자면 아직은 아나운서 말투라고 하기 힘든, 아나운서처럼 보이기 위해 흉내를 낸 느낌이 든다. 그리고 굳이 아나운서처럼 말할 필요도 없다.

미인대회에서 스피치를 시키는 것은 그 사람이 어떤 사람인지 보기 위한 것이고 무대에서 자신을 잘 표현할 수 있는지를 파악하는 것이지 뉴스를 전달할 사람을 뽑기 위한 것이 아니다. 물론 목소리가 안정적이고 발음이 좋으면 더 잘 들리는 건 부인할 수 없다. 그렇지만 정말 좋은 스피치는 가장 편한 말투와 표정으로 진심을 담은 이야기를 전하는 것이다.

목소리가 좋지 않다고 해서, 발음이 조금 부정확하다고 해서 또는 말 내용이 조금 부족하다고 해서 감점을 하지는 않는다. 오히려 너무 완벽하게 하려고 해서 경직된 모습이 보인다거나 꾸민 것 같은 말투는 감점 요소가 될 수 있다.

목소리가 떨리지 않게 호흡을 가다듬고 조금 더 발음을 명확하게 하기 위해 연습을 하는 것은 좋지만 그보다 더 중요한 것은 진심을 담아 자신의 매력을 마음껏 보여주는 것이다.

무대 위에서 혹은 심사위원들 앞에 서서 하는 자기소개와 달리 면접은 더 편한 분위기에서 진행할 때가 많다. 어떤 후보는 지나치게 풀어져서 평소 습관이 다 나오기도 하고, 어떤 후보는 너무 경직돼 있어서 심사위원이 부담을 느끼기도 한다.

면접은 자기소개보다는 조금 더 편한 느낌으로 대화하듯이 임하는 것이 좋다. 다만, 이때에도 자세와 표정은 유지하면서 특히 말투에 신경을 써야 한다. 자기소개는 예쁜 말투로 잘해놓고 면접 때 평소 잘못된 습관이 나온다거나 은어가 튀어나오는 경우도 있기 때문이다.

특히 긴장을 하면 손을 움직인다거나 다리를 떤다거나 입술을 깨무는 버릇은 줄여야 한다. 따라서 평소에 말투와 자세를 신경 써서 습관이 되도록 해야 한다.

지원 동기나 앞으로의 활동, 장단점 등 자주 나오는 질문은 미리 연습을 하되 모범 답안을 작성해 보려 한다거나 내용을 적어서 달달 외우는 것은 권하지 않는다. 면접은 그 사람의 평소 생각이나 미인대회에서 보여줄 수 있는 역량을 조금 더 편하게 보는 시간이다. 모범 답안은 말 그대로 답안 중에서 참고할 만한 것이지 나의 이야기는 아니다. 내 이야기, 나만의 콘텐츠를 머릿속으로 정리해

두고 그때그때 다른 표현으로 이야기하면서 연습하면 도움이 된다. 특히, 문장을 완벽하게 적어놓고 토씨 하나 틀리지 않고 달달 외워서 그대로 말을 하면 말투나 표정이 경직될 수밖에 없고 그런 경우 심사위원의 마음을 움직이기엔 역부족이다. 가장 좋은 답변은 내가 생각하는 것을 자연스럽고 솔직하게 이야기하는 것이다.

어려운 질문이 나온다고 해도 당황하지 않아도 된다. 그런 질문을 하는 것은 당황하거나 갑작스러운 상황이 올 때 어떻게 대처하는지를 보는 것이지 내용이 어떤지를 들으려는 것이 아니다. 잘 모르거나 생각이 나지 않을 때엔 솔직하게 인정하고 앞으로 더 노력하겠다는 다짐을 잘 보여주면 된다.

비언어에 더 집중할 것

메라비언의 법칙에 따르면 커뮤니케이션에서 언어가 차지하는 비중은 약 7% 정도이고 나머지 93%는 비언어적인 요소가 차지한다고 한다. 비언어란 목소리, 자세, 표정, 이미지 등인데 말의 내용도 중요하지만 겉으로 보이고 들리는 부분이 훨씬 더 크게 작용한다는 것이다.

목소리는 내가 말하기에 가장 편한 톤이 좋다. 신뢰감 있어 보이기 위해 목에 힘을 주어서 목소리를 일부러 낮춘다거나 상냥해 보이기 위해 목소리 톤을 한껏 높이는 것보다는 친구들과 수다 떨 때 나오는 편하고 자연스러운 목소리가 듣기에 더 좋다. 다만 목소리가 너무 작거나 허스키하다거나 긴장을 하면 끝이 떨린다거나 하는 경우는 교정이 필요한데 이럴 땐 호흡과 발성 연습을 꾸준히 해두면 도움이 된다.

자세나 표정은 미인대회에서 정말 중요한 부분이다. 예전 미스코리아들을 떠올리면 미소가 부자연스럽게 느껴진다. 그 이유는 입만 웃기 때문이다. 이런 미소는 '팬암 미소*'라고 부르는 거짓 미소 또는 인위적인 미소이다. 진짜 미소는 흔히 '뒤셴 미소**'라고 하는데 진짜로 좋은 일이 있거나 기분이 좋을 때 나타난다. 활짝 웃는 모습의 특징을 보면 눈과 입이 함께 웃는 경우가 많은데 입은 연습이나 훈련을 통해 웃을 수 있지만 눈은 그러기가 어렵다.

예쁜 미소와 표정은 훈련보다는 진심을 담을 때 더 잘 보인다. 심사위원은 나를 뽑아주려는 사람이지 나는 떨어뜨리려는 사람이 아니다. 그런 심사위원을 고맙게 여기고 심사위원과 아이컨택트를 하며 면접에 임해보면 어떨까? 아마 표정이 훨씬 더 부드러워질 것이다.

자세 역시 심사에서 중요한 부분인데 보통 미스코리아 자세라고 부르는 예쁜 자세가 있기는 하지만 이것 역시 정답은 아니다. 자세는 어깨와 허리를 펴고 바르게 서 있거나 앉아 있되 표정과 마찬가지로 경직된 모습보다는 자연스럽게 있는 것이 더 좋다. 다만, 너

---

* 미국의 거대 항공사였던 팬아메리칸 월드의 이름을 딴 것으로 항공사 직원들의 접대용 미소를 의미한다.
** 실제로 웃기거나 기쁠 때 나타나는 미소로 프랑스 신경생리학자인 '기욤 뒤셴'의 이름을 따서 만든 명칭이다.

무 많이 흐트러지지 않도록 아랫배와 허리, 허벅지에 힘을 조금 주면 도움이 된다.

미인대회 출전자들이 하나 같이 하는 이야기가 있다. 미인대회에 한 번 나갔다 오니 취업 준비가 저절로 된다는 것이다. 자기소개, 면접을 심층적으로 보는 데다 자세, 표정, 순발력까지 다 평가를 하기 때문에 이보다 더 좋은 취업 면접 연습이 없다는 것이다.

언어적인 부분도 그렇지만 비언어는 평소 습관이 중요하다. 그래서 평소에 바른 자세로 웃으면서 이야기하는 습관을 들여놓는 것이 좋다. 그리고 거듭 반복하지만 가장 중요한 것은 진심이다.

예쁨보단 매력

요즘 길거리를 다녀보면 예쁘고 잘생긴 사람이 정말 많다. 그 사람들이 대회에 나가면 모두 수상을 할까? 내 답은 "절대 아니다."이다. 예쁘고 잘생긴 것이 분명 장점이 될 수도 있다. 하지만 미인대회에서 원하는 사람은 예쁜 사람이 아니라 지역을, 국가를, 브랜드를 대표할 수 있는 사람이고, 그렇다보니 사람들에게 호감을 줄 수 있는 사람을 선호한다.

정말 많은 준비생이 성형에 대해 물어본다. 자신은 어디를 성형을 해야 하는지, 몸무게는 어느 정도가 적당한지를 묻는다. 성형이 꼭 필요한 경우라면 하는 것도 괜찮다. 하지만 대부분은 군이 성형을 하지 않아도 되는데 그냥 예뻐 보이기 위해서 하고 싶어 하는 경우가 많다. 이미지 메이킹을 통해 매력적인 이미지를 만들었는데 치아가 좀 신경 쓰인다든가, 코가 인상을 강하게 보이게 한다든가 하는 경우라면 성형을 해도 괜찮을 것이라 생각한다. 그런데 상당수의 준비생이 눈을 더 크게 만들고 코를 더 높게 만들고 얼굴을 더 작게 보이기 위해 성형을 생각한다. 물론 그게 나쁘다는 것은 아니다. 그렇게 해서 자신감이 생기고 더 좋은 이미지가 될 수 있다면 추천한다. 하지만 충분히 예쁜 얼굴인데 단순히 대회 때문에 성형을 생각한다면 말리고 싶다.

체형 역시 마찬가지이다. 어떤 사람은 조금 말라야 예쁘고 또 어떤 사람은 살짝 통통해야 매력이 배가 된다. 이런 것은 고려하지 않고 무조건 말라야 한다고 생각한다면 그것 역시 권하고 싶지 않다. 가장 아름다운 체형은 내가 건강한 체형, 다른 사람들이 보기에도 건강해 보이는 체형이다. 식단 조절과 운동을 통해 적정량의 체지방과 근육량을 유지하는 것이 가장 좋은 방법이다.

고백하건대 한 때는 나 역시 마른 몸매가 되려고 무리하게 다이어트를 했었고 준비생들에게도 살 빼라는 말을 입에 달고 살았다. 체형 심사가 있다 보니 통통해도 괜찮아, 살이 쪄도 괜찮아라는 말을 할 수는 없다. 다만 키가 170인데 몸무게를 40kg대로 만들려고 한다거나 살을 빼기 위해 굶는다거나 힘에 부칠 정도로 운동을 하는 것은 절대 금물이다.

내가 나에게 적절한 체중을 찾은 방법은 목소리다. 성대도 근육이기 때문에 살이 찌면 근육에 지방이 붙고 살이 빠지면 지방이 빠지게 된다. 목소리를 많이 쓰는 직업이라 어떤 상황에서 가장 편하게 목소리가 잘 나오는지를 고민했는데 나의 경우 살이 좀 빠졌다 싶으면 목소리를 크게 내는 게 힘들다. 또, 살이 갑자기 많이 찌면 말을 할 때 숨이 차거나 목소리가 탁한 느낌이 있다. 그래서 목소리에 맞게 체중을 유지하고 있는데 그러기 위해서는 건강한 음식을 먹고, 내 체력에 무리가 되지 않을 정도의 가벼운 운동을 매일 하면 된다는 것을 알았다.

이렇게 사람마다 자신이 가장 건강하게 느껴지는 순간이 있을 것이다. 그때의 체형과 몸무게를 체크해 보고 그 범주 안에서 다이어트를 하는 것이 좋다. 또, 다이어트는 단기간에 하려 하지 말고 6개월 정도의 여유를 듣고 천천히 습관을 바꾸는 것이 중요하다.

많은 사람에게 호감을 얻는 사람들을 잘 살펴보면 그들만의 매력이 있다. 이러한 매력을 잘 찾아내고 나의 것으로 만드는 것이 미인대회에서는 더 중요하다.

그러기 위해서 가장 중요한 것은 나에게 어울리는 이미지를 만드는 것이다. 어떤 사람은 하얗고 동그란 얼굴이 매력이고 어떤 사람은 까무잡잡한 피부가 매력이 될 수 있다. 이렇게 고유한 나만의 매력을 만드는 것이 필요하다.

요즘은 퍼스널 컬러 진단이 활성화되어 있다. 자신에게 어울리는 컬러 톤을 찾고 그에 맞게 이미지 메이킹을 하는 것인데, 100% 맹신을 할 수는 없지만 확률적으로 그러한 톤이 나에게 잘 맞기 때문에 컬러 진단을 통해서 내 이미지를 만들어나가는 것이 하나의 방법이 될 수 있다.

컬러를 찾은 후에는 여러 시도를 해봐야 하는데 내추럴 메이크업이 어울릴지, 스모키 메이크업이 어울릴지, 색깔은 어떤 느낌이 좋을지 직접 다 해봐야 한다. 여러 스타일을 시도해 보고 그중에서 가장 잘 어울리는 느낌으로 이미지 메이킹을 하되 내가 보기에 괜찮아 보이는 것도 좋지만 다른 사람들이 보기에 가장 매력적으로 보이는 이미지를 선택하는 것이 좋다. 나 자신은 나의 이미지를 청순한 느낌이라고 생각하지만, 다른 사람들은 귀여운 이미지라고 느낄 수 있다. 그렇다면 무조건 나의 고집대로 밀고 나가기보다는 다른 사람들의 의견을 받아들이는 것이 좋다. 이미지라는 것은 내가 보여주고 싶은 나의 모습이기도 하지만, 다른 사람들이 나를 보고 평가하는 모습이기도 하기 때문이다. 그래서 스타일링을 하면 최대한 많은 사람들에게 보여주고 조언을 얻어야 한다. 또, 여러 각도에서 사진을 찍고 영상을 찍어서 화면에 잘 나오는지도 확인을 해야 한다.

메이크업을 직접 연습해 보는 것이 내 이미지를 찾는 데 도움이 된다. 요즘은 유튜브나 SNS 등을 통해 메이크업을 쉽게 배울 수 있다. 그렇게 따라 해보면 메이크업 실력도 늘고 어울리는 느낌도 찾을 수 있다. 메이크업 숍에서 받은 날은 한 쪽만 지우고 지우지 않은 곳을 따라 해보는 것도 하나의 방법이다. 요즘은 본인이 직접 메이크업을 하고 심사를 받는 대회가 늘고 있기 때문에 틈틈이 메이크업 연습을 해두면 심사 때에도 당황하지 않고 잘 할 수 있을 것이다.

옷차림 역시 중요한 부분이다. 미스코리아 대회의 경우 흰 티에 청바지를 입어야 할 때가 많은데, 티셔츠는 브이넥을 입을지 라운

드를 입을지 소매 길이는 어느 정도가 적당한지 청바지는 스키니 진을 입는 것이 좋을지 일자바지를 입는 것이 좋을지 등 고민해야 한다. 이것 역시 많이 입어보고 결정하는 것이 좋다. 혹시 같이 준비하는 친구들이 있거나 주변에 옷 스타일링에 관심 있는 친구들이 있다면 각자 다른 스타일로 한 벌씩 구입을 해서 서로 돌려 입어보고 결정하는 것도 좋을 것이다.

의상에 너무 많은 비용을 들이지는 않았으면 한다. 심사에서 그 옷의 재질이 무엇인지 브랜드가 어디인지는 전혀 고려 대상이 아니다. 동대문이나 지하상가, 인터넷 쇼핑몰 등을 추천한다. 색감과 스타일을 보고 옷을 구입한 후에 자신의 체형에 맞게 수선을 하면 나만의 맞춤 의상이 될 수 있다.

드레스를 따로 준비해야 할 경우 어느 수상자가 입었던 옷, 보기에 화려해 보이는 옷을 입으면 실패할 확률이 높다. 발품을 많이 팔아서 여러 곳에 가서 피팅을 해보고, 그중 가장 잘 어울리는 것을 고르는 것이 좋다. 특히 머메이드라인이 어울리는 사람이 튀어 보이고 싶은 마음에 A라인의 화려한 드레스를 입는다거나, 파스텔톤이 어울리는 사람이 강렬한 색을 입었을 경우 자신의 매력이 제대로 보이지 않을 수 있기 때문에 자신의 피부 톤과 체형, 이미지를 다 고려해서 선택해야 한다.

첫인상은 그 사람을 평가하는데 큰 작용을 한다. 이것을 초두효과라고 부르는데, 첫인상에서는 그 사람의 말투, 경력, 인성 등을 알 수가 없다. 따라서 가장 큰 영향을 주는 것이 바로 이미지이다. 헤어스타일, 옷차림, 자세, 표정 등이 여기에 해당하는데, 예뼈 보이기 위해서 무조건 굵은 웨이브를 넣어서 헤어 스타일링을 한다거나 메이크업을 지나치게 진하게 하면 오히려 마이너스가 될 수 있다. 한가지 꼭 강조하고 싶은 것은, 될 수 있으면 이마는 드러내라는 것이다. 미인대회뿐만 아니라 취업 면접에서도 앞머리로 이마를 가리는 것은 좋지 않을 수 있다.

얼굴이 작아 보이기 위해서 혹은 어려 보이기 위해서 앞머리로 이마 전체를 덮는 경우가 있는데 이마는 자신감을 보여주는 곳이다. 이마가 가려져 있으면 자신감이 부족해 보이고 답답해 보이기도 한다. 콤플렉스나 상처 때문에 혹은 이미지 메이킹을 위해 이마를 가려야 한다면 전체를 다 덮는 것보다는 앞머리를 살짝 내는 정도로만 하는 것이 좋다.

미인대회 심사를 가보면 간혹 지나친 노출 의상으로 민망해질 때가 있다. 체형을 보여주기 위해서 그런 의상을 선택한 것이라면 좋은 선택은 아니다. 체형은 수영복 심사나 체형심사에서 충분히 어필할 수 있다. 자유 의상으로 심사를 했던 어떤 대회에 출전했던 후보는 찢어진 청바지를 입고 왔는데, 요즘 유행하는 예쁘다 싶은 정도가 아니라 정말 바지를 입은 게 맞나 싶을 정도로 많이 찢어진 청바지를 입고 왔다. 다른 심사위원들은 어땠는지 모르겠지만 나는 개인적으로 깔끔하다거나 이 장소에 맞는다는 느낌이 들지 않아 점수를 많이 주지 않았던 기억이 있다.

노출이 심하거나 지나치게 튀는 옷은 자제하고 깔끔하게 자기 자신을 잘 표현할 수 있는 의상이 가장 적절할 것이다. T.P.O라는 것이 있다. Time, Place, Occasion의 약자로 시간, 장소, 상황에 맞게 옷차림을 갖춰야 한다는 뜻이다. 미인대회 심사에서도 T.P.O에 맞게 의상을 선택하는 것이 좋다.

무조건 화려한 것이 나를 돋보이게 만들어주지는 않는다. 화려한 것이 어울리는 사람은 그에 걸맞게, 수수한 것이 어울리는 사람은 내추럴하게 꾸며야 나의 매력을 더 잘 보여줄 수 있다. 그리고 그 사람의 매력은 옷 색깔이나 큰 액세서리가 아닌 밝은 표정과 아름다운 인성에서 나온다는 것을 명심했으면 한다.

자세가 바뀌면 자신감의 강도가 달라진다

자세는 그 사람의 평소 습관을 보여준다. 어깨나 허리가 구부정하면 평소에 늘 그런 자세로 있었다는 것이다. 미인대회 후보 중에는 키가 큰 사람들이 많다 보니 어깨나 등이 휘어 있는 사람들이 꽤 있다. 여러 연구 결과에 따르면 자세를 바르게 하면 자신감이 높아진다고 한다. 자신감 있고 당당한 모습을 보여주려면 일단 자세부터 교정해야 한다.

자세 교정에서 활용하는 방법 중 대표적인 것이 벽에 기대어 서기이다. 모델들이 주로 사용하는 방법인데 발바닥부터 머리끝까지 벽에 곧게 기대 서 있는 것이다. 이때 어깨가 삐뚤어지거나 허리가 뜨지 않게 자세를 확인하면서 선다. 처음엔 5분 정도, 익숙해지면 10분, 20분, 30분 이런 식으로 시간을 늘려 가면 된다. 이 방법만으로도 자세가 상당 부분 교정되는 것을 느낄 수 있다.

그 후에는 걸음걸이를 일자로 걷는 습관을 들이고 앉아 있을 때에도 어깨와 허리를 편 상태를 유지한다. 다리를 꼬거나 다리를 벌리고 앉으면 골반이 틀어질 수 있다. 걸을 때엔 명치 쪽에 작은 점이 있다고 생각하고 중심축을 잡는다. 그 후에 다리를 앞으로 뻗듯이 죽 길으면 길음길이도 예뻐지고 자세도 교정할 수 있다.

요가, 필라테스, 수영, 웨이트 트레이닝 같은 운동을 하는 것도 도움이 된다. 운동은 체형을 건강하게 만들기 위해서도 필요하지만 자세를 곧게 만드는 데에도 큰 도움이 된다.

이렇게 자세를 바르게 한 후에는 자신이 어떤 자세를 했을 때 가장 자신 있어 보이는지, 가장 예뻐 보이는지를 파악하고 심사에서 그대로 하면 된다. 모든 사람이 다 같은 자세를 취할 필요는 없다. 내가 일자로 서는 게 더 예쁘고 자신감 있어 보이면 무릎에 힘을 줘서 일자로 곧게 서고 한쪽 발을 살짝 앞으로 하는 것이 더 좋으면 한 발은 앞으로 다른 한 발은 살짝 옆으로 해서 무릎끼리 붙인 후 서 있으면 된다. 손 모양 역시 차렷 자세를 편하게 한 상태로 있어도 되고 허리에 손을 얹어도 되고 손을 모아서 배꼽 위쪽에 놓아도 된다. 단 손을 앞으로 모아서 축 늘어뜨리는 자세는 자신감이 부족해 보일 수 있기 때문에 피하는 것이 좋다.

매너가 사람을 만든다

매너와 인성은 미인대회 준비에서 정말 꼭 강조하고 싶은 부분이다. 미인대회를 잘 모르는 사람들은 외모만으로 사람을 평가한다고 알고 있다. 그러다 보니 성 상품화나 외모지상주의 논란이 계속 나오는 것이다.

하지만 아무리 얼굴이 예쁘고 몸매가 좋아도 인성이 좋지 못한 사람은 높은 점수를 얻기 힘들다. 앞서 잠시 언급했지만, 미인대회 합숙이나 교육 기간 중에 수시로 인성 평가가 이루어진다. 이 사람이 지각을 했는지, 무단결석을 했는지부터 친구들과 문제를 일으켰는지, 다른 사람에게 해를 입히는 행동을 했는지를 하나하나 다 평가하는 것이다.

실제로 미인대회 수상자들 중에는 얼굴도 마음도 아름답다는 말을 듣는 사람들이 많은데 그럴 수밖에 없는 게 인성 평가에서 높은 점수를 얻으면 전체 점수도 올라가기 때문이다.

미인대회에 나간 이상 대회 시작부터 끝까지 경쟁을 해야 한다. 당연히 내가 더 돋보이고 내가 더 좋은 점수를 얻기 위해 애써야 한다. 하지만 그것이 전부는 아니다. 내가 돋보이기 위해서, 그리고 이 무대를 잘 만들기 위해서는 다른 사람을 배려하고 후보들과 협동하는 자세도 필요하다.

예전에 어떤 대회에 교육과 심사를 갔을 때였다. 얼굴도 예쁘고 스피치, 워킹, 체형 뭐 하나 부족할 게 없는 후보였다. 그래서 점수를 많이 줘야지 생각하고 있었다. 그런데 교육이 진행될 때마다 의욕이 없는 모습을 보여서 왜 그런지 물었더니 여기서는 이렇게만 하고 무대에서 다 보여주겠다는 말을 했다. 아마도 그 후보는 내가 심사도 할 것이라는 건 몰랐었나 보다. 리허설 때에도 혼자만 다른 곳에 가서 앉아 있고 메이크업을 받으면서도 후보별로 주어진 시간이 있는데 다른 후보들에게 피해를 주면서 자기만 계속 더 수정을 해달라고 했다. 이런 모습을 다 체크해 두었다. 그리고 점수를 낮게 주었는데 그런 모습을 나만 느꼈던 건 아니었던 것 같다. 교육에 참여했던 다른 심사위원들 역시 그 후보에게 매너 점수를 낮게 주었다. 결국 그 후보는 아무 상도 받지 못했다.

한 번은 이런 경우도 있었다. 교육 기간 내내 스태프들에게 좋은 평가를 받았던 후보였는데, 사전 심사 날 다른 후보가 심사 때 입을 원피스를 잃어버린 것이었다. 당황해서 울고 있는 그 후보에게 자기가 원피스 두 벌을 챙겨 와서 한 벌이 남는다며 선뜻 빌려주었고 심사를 잘 볼 수 있게 달래주었다. 그런 모습을 심사위원들이 우연히 보게 되었고 당연히 좋은 평가를 받았다. 아주 근소한 차이로 수상을 하지는 못했지만, 후에 그 후보가 대회 조직위원회에서 많은 활동을 할 수 있게 지원해 주었고 지금도 다방면에서 활약하고 있다.

정말 아름다운 사람은 내면에서 그 진가가 나온다. 외면과 내면이 아름다운 사람이 되겠다는 말이 괜히 나오는 것이 아니다. 그 순간 심사위원들 앞에서 억지로 웃으려고 해도 진심이 담겨 있지 않으면 어색할 수밖에 없다. 순간적으로 자신을 인성 좋은 사람으로 포장하려 해도 몸에 베어있지 않다면 당연히 부자연스럽다. 그래서 내가 미인대회 준비생들에게 가장 강조하는 것 역시 인성이다.

마음이 아름다운 사람은 외모도 아름답다!

SNS는 나를 보여주는 도구

언제부턴가 직접적인 소통보다는 SNS로 소통을 하는 사람들이 늘어나고 있다. 일일이 연락하지 않아도 그 사람의 근황이나 일상을 알 수 있고 훌륭한 홍보 수단이 되기도 한다. 미인대회에서도 SNS 활용의 중요성을 강조하는데, 후보들이 하는 SNS 활동이 대회 홍보가 되기도 하고, 또 그 사람의 성향을 파악할 수 있는 도구도 되기 때문이다.

SNS를 잘 활용하면 대회 참가에도 도움이 많이 된다. 일단 자신이 나가고자 하는 대회의 공식 계정과 관계자들의 계정을 팔로우한다. 어떤 점을 준비하고 어떤 내용을 더 어필하면 좋을지 파악할 수 있다.

그 후엔 자신의 SNS 관리를 한다. 지나치게 사생활이 많이 드러나거나 대회 취지와 잘 맞지 않는 내용은 삭제하는 것이 좋다. 친구들과 댓글로 이야기하면서 비속어나 지나칠 정도로 은어를 많이 사용했다면 그것 역시 삭제하는 것이 좋다. 간혹 친구들끼리 편하게 이야기하면서 댓글에 욕설이 많이 있다든가 신중하지 못한 발언을 올리는 경우가 있는데, 그런 내용이 그 사람을 평가하는 하나의 잣대가 될 수 있다는 것을 생각했으면 한다.

미인대회 후보나 수상자들은 많은 관심을 받게 된다. 내가 올리는 글이, 사진이 이슈가 될 수도 있다. 특히 조심해야 할 부분은 사생활과 관련된 부분인데 공식 일정이나 축제 같은 곳이 아닌데도 내가 현재 있는 곳을 너무 실시간으로 게시한다든가 자신만의 공간이 너무 드러나게 하는 것은 위험할 수도 있기 때문에 자제하는 것이 좋다. 또 팔로워를 늘리기 위해 자극적인 게시물을 올리는 경우도 있는데, 눈에 띄는 게시물을 올리는 것은 좋지만 정도가 지나치면 오히려 안 좋게 보일 수 있다. 무조건 팔로워를 늘리려고 하기보다는 자신의 관심사와 준비하는 내용 등을 잘 정리해서 올리는 것이 더 좋다.

다음으로 대회와 관련된 내용을 게시한다. 한 후보에게 그 대회에서 항상 방문하는 곳에 미리 다녀오고 그 내용을 해시태그로 적어서 게시물로 올리라고 했다. 그 모습을 관계자들이 눈여겨보고 있었고 대회에 대한 관심과 애정을 느꼈다고 한다. 대회를 개최하는 입장에서는 그런 관심과 애정이 당연히 고맙고 기특하게 보인다.

대회 이후에도 SNS는 꾸준히 관리하는 것이 좋다. 비단 대회 관계자들뿐만 아니라 연예기획사, 방송사, 모델 에이전시에서 볼 수도 있고, 준비하고 있는 진로 분야에 관련된 내용을 잘 구성해서 올리면 또 다른 기회로 이어질 수도 있다.

SNS는 퍼스널 브랜딩을 위해 활용하기 좋은 수단이다. 쉽고 간편하며 비용을 들이지 않고 홍보를 할 수 있고 자신을 잘 드러낼 수 있다는 점에서 유용하다. 하지만 실시간으로 퍼지고 잘 모르는 사람들도 볼 수 있다는 점에서 조심해야 하는 부분도 있다. 게시물을 올릴 때엔 한 번 더 생각하고 검토해 보길 권한다. 친구들과 소소한 일상을 나누고 싶다면 계정을 따로 운영하는 것도 추천한다.

또 한가지 조금 유의해야 할 부분이 있다. 바로 사람들의 평가이다. 미인대회에 나가게 되면 많은 사람의 관심을 받게 된다. 좋은 이야기도 있지만 나에 대해 좋지 않은 평가를 하는 사람도 있고 가끔은 상처가 될 만한 이야기를 듣거나 보게 될 수도 있다. 기사나 투표, 유튜브 등에 댓글이 달리기 시작하고 여러 커뮤니티에서도 평가하는 글들이 올라온다. 이왕이면 좋은 평가만 받는 게 낫겠지만, 모든 사람이 나를 다 좋게 볼 수는 없다.

그러나 무관심보다는 안 좋은 평가라도 사람들 입에 자주 오르내리는 것이 더 낫다. 그러니 평가를 두려워하지 않았으면 좋겠다. 좋은 이야기는 기분 좋게 듣고, 안 좋은 이야기 중에서 받아들이고 개선할 점은 수용하면 된다. 받아들일 만한 이야기가 없다면 그런 평가는 굳이 신경을 쓰지 않아도 될 것이다.

가장 아름다운 사치

장래 희망이 미스코리아?

미인대회 지원서에는 장래 희망을 적는 칸이 있다. 아나운서, 배우, 가수, 승무원, 간호사, 의사, 교수 등 다양한 분야를 희망하는 수많은 지원자들을 만날 수 있다. 그런데 간혹 장래 희망에 미스코리아라고 적는 지원자들이 있다. 미래에 희망하는 일이라는 개념으로 생각한다면 그럴 수 있지만, 사전적 의미로 장래 희망은 직업적인 꿈을 의미하기 때문에 여기에 미스코리아라고 적는 건 좋지 않다고 생각한다.

단순히 사전적 의미 때문만은 아니다. 미스코리아, 미인대회는 내가 하고 싶은 진로를 준비하면서 경력이나 경험을 쌓기 위한 하나의 과정이 될 수도 있고, 직업과는 상관없이 좋은 경험과 추억을 만들기 위한 일이 될 수도 있다.

만약 직업과 연결을 시키고 싶다면 준비 과정에서 더 철저한 분석과 노력이 필요하다. 미인대회 준비와 심사 과정은 취업 면접이나 연예인 오디션 과정과 비슷한 부분이 많다. 그래서 미인대회를 준비하면서 취업까지 고려해 스피치, 이미지 메이킹 등을 익혀두면 미인대회와 취업을 동시에 준비할 수 있다.

현재 직업이 있거나 앞으로의 진로가 정해져 있는 경우에도 미인대회 준비 과정이 도움이 될 수 있다. 살면서 스피치나 이미지 메이킹, 매너가 필요한 부분이 많은데 이런 점을 미리 익혀두면 사회생활에 분명 도움이 된다.

주의해야 할 부분은 미인대회 수상자라고 해서 바로 아나운서나 연예인이 된다거나 하는 특혜가 주어지지는 않는다는 점이다. 미인대회 출신이 유리한 것은 준비하는 과정이 비슷하고, 그 과정을 직접 경험해 볼 수 있는 기회가 있다는 점이다. 미인대회에서 수상을 한다고 해서 내일 바로 내 인생이 바뀐다거나 별다른 노력 없이 직업을 얻을 수는 없다.

수강 상담을 하다 보면 실제로 아나운서가 되기 위해 미인대회에 나간다거나 승무원 시험을 보는데 가산점을 얻고 싶어 대회에 지원한다고 하는 준비생을 종종 보게 된다. 나는 그럴 경우 확실하게 이야기해준다. 미인대회 수상이 아나운서나 승무원 합격의 길을 보장해주지 않으며 특별히 더 플러스가 되는 점도 없다. 조금 도움이 되는 부분은 남들과는 차별화된 경력 한 줄과 특별한 경험 정도이다. 그래서 미인대회에 너무 집중하거나 마치 미인대회에 나갔다 오면 내 인생이 드라마틱하게 바뀔 것이라는 꿈은 꾸지 않은 것이 좋다고 조심스럽게 조언하고 싶다.

한여름 밤의 꿈

수상자나 후보들이 대회가 끝나고 나면 한동안 마음을 잡지 못한다. 짧게는 몇 주, 길게는 6개월에서 1년 동안 대회 준비에 올인해왔는데 막상 대회가 끝나고 나니 한여름 밤의 꿈처럼 느껴진다는 것이다. 그 자체로 아름다운 추억이기 때문에 시간이 지나면 곧 괜찮아지지만, 이왕이면 미인대회 그 이후까지 생각하면서 준비하는 게 더 좋을 것이다.

앞서 기술한 것처럼 미인대회 수상이 직업이나 내 꿈을 이루는 데 바로 도움이 되지는 않는다. 하지만 준비 과정에서부터 미인대회 이후를 생각한다면 분명 도움이 된다.

승무원을 준비하는 한 후보는 대회가 끝나고 이런 이야기를 했다. 어릴 때부터 승무원이 되고 싶었고 관련된 학과로 진학했지만,

정말 자신이 하고 싶은 일이 맞는지 의문이 생겼고 앞으로 무슨 일을 하면서 살아갈까 고민할 때쯤 미스코리아에 지원했다. 뭔가 색다른 경험을 하고 싶은 마음에 지원했는데 준비 과정이 승무원 준비 과정과 많이 비슷했다. 어렵지 않게 대회 준비를 했고 수상도 했다. 지역 대회에서 수상을 하고 최종 본신 합숙을 경험하면서 자신이 어떤 사람인지 처음으로 진지하게 생각해 봤다고 한다.

합숙 때 아침에 잘 일어나지 못하는 룸메이트를 깨워주고 함께 운동을 하고 도움이 필요한 다른 후보를 챙겨주면서 뿌듯함을 느꼈는데 그런 점에서 자신은 승무원이라는 직업이 잘 어울린다는 생각이 들었다고 한다.

대회에 나가기 전까지만 해도 과연 서비스업을 제대로 할 수 있을까, 체력적인 문제는 없을까, 다른 사람과 함께 지내는 게 괜찮을까 걱정을 했는데 미스코리아 합숙을 통해 자신의 성향을 파악하게 됐고 그래서 승무원에 대한 꿈이 더 확고해졌다는 것이다. 대회 이후에 자신감을 얻어 열심히 준비를 했고 지금은 한 외국 항공사에서 승무원으로 일하고 있다.

아나운서를 준비하던 한 후보는 열심히 노력했지만 항상 카메라 테스트에서 떨어졌다. 탈락의 가장 큰 원인은 카메라 울렁증이었다. 연습할 땐 잘하는데 시험장에서 카메라 앞에만 서면 너무 떨려서 시험을 잘 못 본 것이었다. 이 길이 아닌가 싶어 꿈을 포기하려 할 때쯤 아나운서 아카데미 선생님의 추천으로 미인대회를 생각하게 됐다.

대회를 준비하면서 처음 세운 목표는 딱 한가지였다. 떨지 않고 이야기할 것. 그 해에 나갈 수 있는 대회는 다 나가보고 싶다고 해서 3개의 대회를 추천해 주었다. 첫 번째 대회에서는 자기소개만 끝까지 하는 것을 목표로 하라고 했다. 열심히 자기소개를 준비해서 갔지만 경험 부족이었는지 첫 번째 대회는 예선에서 탈락했다. 좌절하지 말고 잘한 점과 부족했던 점을 적으라고 했다. 잘한 점은 전보다 덜 떨었다는 것, 부족한 점은 외운 내용이 생각이 나지 않아 말을 제대로 이어가지 못했다는 점이었다고 적었다.

그 후보는 자기소개와 면접 답변을 달달 외우려고 했다. 문제는 긴장을 하면 외운 내용이 생각나질 않고, 그러면 머릿속이 하얘지면서 아무 말도 못하게 된다. 그래서 전체를 다 외우지 말고 키워드만 숙지한 후 그때 그때 다르게 말하는 법을 연습하게 했다. 무엇보다 중요한 건 긴장감을 줄이는 것이었는데, 일부러 매일 처음 보는 친구들과 연습을 시켰다. 낯선 환경에 계속 노출을 시켜서 긴장하는 습관을 줄이려는 시도였다. 차츰 좋아지는 모습을 보였고 예선 당일에는 유튜브로 재미있는 영상을 보다가 들어가라고 했다.

두 번째 대회에서는 자기소개 끝까지 하기와 면접 시 심사위원과 아이컨택트 하기를 목표로 삼았다. 이번 예선에서도 어김없이 떨었지만 그래도 끝까지 말은 이어갔다고 한다. 결과는 본선 진출. 한 번 예선 무대에 서보고 합격도 경험해보니 자신감이 많이 붙었던 듯하다. 본선 무대에서는 조금 떨기는 했지만 그래도 스피치와 워킹을 끝까지 잘 이어나갔다.

한 번 잘한 경험이 있어서인지 마지막 대회에 한 번 더 나가보겠다고 했다. 그렇다면 이번에는 웃으면서 말하는 것을 목표로 해 보라고 했다. 이제 심사가 그렇게 어렵지 않다는 것을 깨달았는지 예선에서도 곧잘 했다고 스스로를 평가했다. 본선 무대에서는 정말 그 아이가 맞을까 싶은 정도로 놀랍게 발전한 모습을 보였고 특별상을 수상했다.

대회 준비 과정에서 스피치 하는 법을 익혔고 긴장을 푸는 방법을 터득했다. 아나운서 시험 역시 단계별로 접근하라고 조언을 해주었다. 첫 번째 목표는 주어진 원고 끝까지 읽기, 두 번째 목표는 조금 더 전달력 있게 리딩하기, 세 번째 목표는 표정에 신경 쓰기. 미인대회 준비 과정처럼 아나운서 역시 한 번 한 번 시험을 볼 때마다 자신에게 과제를 내주고 그 과제를 다 수행하는 것을 목표로 하라고 했다. 이 경험이 많이 도움이 되었는지 6개월 후에 아나운서로서 첫 월급을 탔다며 케이크를 들고 찾아왔다.

미인대회에 나가면서 꿈이 바뀌는 경우도 있고, 그동안 꾸어왔던 꿈이 더 확고해지기도 한다. 미인대회가 한여름 밤의 꿈으로만 끝나지 않으려면 어떠한 경우이든 미인대회 과정을 그냥 단순한 경험 정도로만 넘기지 않았으면 한다. 그 과정에서 배우고 익힌 것들이 내 미래에 어떤 식으로 활용될지도 잘 생각해서 준비를 했으면 하는 바람이다.

미인대회 친구는 평생 인맥

미인대회에서 얻을 수 있는 가장 큰 수확은 친구이다. 평생 만나기 힘든 친구들을 만날 수 있다. 내가 나갔던 대회의 동기들만 해도 의사, 변호사, 아나운서, 기자, 공무원, 간호사, 방송국 PD, 패션 회사 직원, 잡지사 직원, 교사 등 정말 다양한 직업군에서 일을 하고 있다. 대학생이고 취업준비생이었던 친구들이 10년 정도 지나자 각자의 분야에서 멋지게 활약하기 시작했다. 이런 인맥은 만들기가 쉽지 않다. 특히 나와 다른 전공, 다른 지역, 다른 분야의 사람을 만나려면 엄청난 시간과 노력이 필요하다. 하지만 미인대회에는 전국 각지에서 다양한 사람들이 참가하기 때문에 평생 함께 할 인맥을 만드는데 도움이 된다.

그런데 인맥은 그냥 알고 지낸다고 해서 만들어지는 것은 아니다. 서로의 마음이 맞아야 하고 친분이 쌓여야 한다. 그래서 대회에 나가면 최대한 많은 친구에게 인사를 하고 대화를 나누는 것이 좋다. 또, 대회가 끝나면 대회별로 모임이 생기는데, 이 모임에도 적극적으로 참여하기를 권한다. 합숙 중에는 룸메이트나 비슷한 번호 대 이외의 친구들과 이야기를 나눌 기회가 별로 없는데 이런 모임에 나가면서 잘 몰랐던 친구들을 알게 되고 친해지기도 한다.

학교 친구나 동네 친구도 나를 잘 알고 좋아하는 친구들이지만, 미인대회 친구가 각별한 데는 이유가 있다. 같은 목표와 같은 꿈으로 짧게는 3일, 길게는 한 달 정도까지 함께 하는 친구들이고 합숙을 하면서 속된 말로 서로 볼 것 못 볼 것 다 보여준 사이이기 때문이다. 그래서 유독 미인대회 친구들은 더 끈끈한 우정을 이어 나간다.

젊은 시절 누리는 가장 아름다운 사치

미인대회가 인생에 꼭 필요한 경험은 아니다. 아무리 비용을 적게 들인다고 해도 교통비, 의상비, 메이크업비 등의 비용이 발생한다. 학업을 잠시 중단해야 하는 경우도 있고, 수상을 못 하면 남는 것이 없다고 생각할 수도 있다. 그래서 미인대회는 어떻게 보면 사치이다.

하지만 그럼에도 불구하고 미인대회를 추천하는 이유는 젊은 시절 누릴 수 있는 가장 아름다운 경험이기 때문이다. 요즘은 미즈대회나 시니어 대회가 많이 생겨서 20대가 아니어도 미인대회에 나갈 수 있지만, 여전히 가장 지원자가 많은 나이는 20대이다. 또, 그 나이를 놓쳐서 '한 번쯤 나가 볼 걸…' 하고 후회를 하는 사람들도 있다.

미인대회 무대는 가장 아름답고 화려한 모습으로 설 수 있는 자리이고 자신의 매력을 잘 파악하고 보여줄 수 있는 과정이며 소중한 추억과 앞으로의 삶에 자양분이 될 값진 경험을 할 수 있는 기회이다.

그래서 나는 기회가 된다면 미인대회에 한 번쯤은 꼭 도전해 보라고 말하고 싶다. 물론 중독처럼 너무 많은 대회에 나가거나 지나치게 많은 비용을 들이는 것은 바람직하지 않지만 한두 번 정도는 살면서 해보기에 정말 좋은 경험이라고 생각한다.

혹시 지금 이 글을 보면서 망설이고 있다면 주저 없이 꼭 도전해 볼 것을 권한다.

한국 대표 피아니스트에서
한국 대표 미인으로

김다은

2016 미스 그린 코리아 미
2016 미스 투어리즘 인터내셔널 전통의상상

피아니스트를 꿈꾸던 23살의 여대생,
새로운 꿈을 꾸다

처음 수상을 하게 되었던 대회는 미스 그린 인터내셔널 코리아였다. 그 당시 미인대회가 처음이었기 때문에 어떤 준비를 해야 하는지, 어떻게 해야 좋은 결과가 있는지 아무것도 몰라서 정말 막막했다. 대회 마감 날짜 3일 전에 접수를 했고 아무것도 준비를 못한 채로 출전했다. 지금 생각해보면 오히려 이 부분이 내가 좋은 점수를 받을 수 있었던 게 아닐까 싶기도 하다.

1:1 면접을 볼 당시 어떤 심사위원이 나에게 질문을 했을 때 정말 솔직하게 꾸밈없이 대답을 했고, 그 순수함이 좋은 모습으로 비춰진 게 아닐까 싶다. 그 결과 나는 그 무대를 마치 수련회에 온 것처럼 합숙 기간 내내 즐길 수 있었고 '美'라는 영광스러운 상을 받게 되었다. 이뿐만이 아니라 한국을 대표해 국제 미인대회를 출전할 수 있는 라이센스까지 획득하게 되어 어벙벙한 상태였다. 덕

분에 2관왕을 하게 되었고, 지금 생각해도 그때는 정말 영광스러운 순간이다.

사실 6살부터 피아노를 쳐왔던 나는 '무대'라는 것이 굉장히 자연스러웠다. 또한 연주회를 할 때면 항상 드레스를 입어야 했다. 어려서부터 연주 때마다 드레스를 대여해 입던 곳이 있었는데, 그 드레스 숍 원장님이 20살이 넘으면 미인대회에 꼭 나가보라는 이야기를 줄곧 해주셨다. 지금 생각해 보면 그때부터 막연한 꿈으로 자리 잡았던 것 같다. 대학교 2학년 때 문득 '정말 한 번 나가볼까?'라는 생각을 하게 되었고, 기대 없이 편안한 마음으로 나갔던 대회인데 나 자신을 예쁘게 꾸미고, 사람들 앞에서 웃으며 이야기하고, 무대 위의 내 모습을 즐겼던 것이 큰 도움이 되었던 것 같다.

피아노 무대 Vs. 미인대회 뭐가 더 어려웠을까?

피아노 무대와 미인대회 무대는 같지만 다른 점이 정말 많았다. 피아노 무대에서는 피아노 음악에 집중해서 앞에 있는 청중들에게 음악을 통해 나의 감정을 전달해야 했다. 미인대회 무대에서는 개인적으로 중요한 포인트가 많다고 생각한다. 예를 들면 예쁘고 자신 있게 워킹을 하면서도 얼굴은 활짝 웃고 있어야 하는 것. 긍정적인 생각을 하면 아름다운 미소가 나온다고 하지만, 무대 위에서 내려오는 조명을 받으면 긴장된 나머지 아무 생각도 들지 않는 것 같다. 미인대회 무대에서 내가 가장 어려웠던 부분은 당당한 워킹, 아름다운 미소 이 두 가지를 모두 유지하는 것이다. 그래서 늘 전신거울을 놓고 연습했던 기억이 있다.

내 생애 최고의 선물,
Miss Tourism Queen International National Costume TOP 2

　나는 Miss Tourism Queen International에 한국 대표로 출전했다. 내가 나갔던 해에는 중국에서 개최가 되었고, TOP 5 세계대회 중 하나로 150개국의 미녀들이 참가하는 규모가 큰 대회였다. 사실 처음 대회에 대한 이야기를 들었을 땐 눈앞이 막막했다. 기대도 되고 걱정도 되고 오랜 시간 외국 생활을 해본 적이 단 한 번도 없어서 한 달이라는 시간 동안 합숙을 해야 한다는 말에 덜컥 겁이 났다. 그래도 한국 대표라는 타이틀을 가지고 좋은 기회를 만나 대회에 나갈 수 있게 되었고, 시작부터 끝까지, 예를 들면 의상 준비나 이미지 메이킹을 혼자서 준비했기 때문에 더 의미 있는 대회였다.

　특히 한국 전통의상을 준비할 때 나를 도와주다고 했던 한복 관련 종사자분들이 많이 계셨는데, 내 마음에 드는 의상이 많지 않았다. 그래서 직접 인터넷을 찾아보며 나에게 맞는 컬러를 조합하고 소품까지 준비를 했다. 지금도 옷장에 걸려 있는 내가 만든 한복을 보면 기분이 참 묘하다. 뿌듯하기도 하고, 그때 고생했던 나에게 미안하면서도 고맙기도 하고.

전통의상을 입고 다 함께 무대에 선 첫날, 우리나라 의상이 유독 예쁘다는 생각을 했다. 예쁘게 준비해 간 덕에 전통의상 메인 무대의 가장 앞줄, 그것도 가운데 자리를 차지했다. 내 의상이 모두에게 주목받기 시작하자 경험으로 충분하다고 느꼈던 대회였음에도 전통의상 부문에서 수상하고 싶다는 욕심이 생기기 시작했다. 단순히 한복만 준비해 간 것은 아니었다. 한국을 대표할 수 있는 소품이 뭐가 있을까 고민하다가 모자와 장구를 챙겨 갔다.

여기에서 재미있는 기억이 있는데, 모자와 장구, 그밖에 내 짐이 너무 많아서 출국할 때 기준 무게를 넘겨버린 것이다. 항공사 직원들이 이민 가냐고 물어볼 정도였다. 원래는 너무 짐이 많아서 추가 요금 50만 원을 더 내야 했는데 항공사 직원들이 한국을 대표하는 인물이라며 무료로 나를 도와줬던 기억이 난다. 그때 그 항공사 직원들 덕분에 편안하게 출발해서 지금도 너무 감사하다.

어쩌면 순탄하지 못한 출발이 되었을지도 모른다. 열심히 준비한 장구나 모자를 포기하고 가야 하는 상황이 되었을지도 몰랐는데 항공사에서 도와주신 덕분에 장구와 모자를 챙겨갈 수 있었고, 내가 자신감을 유지하는데 정말 큰 힘이 되었다. 그 덕분에 Miss Tourism Queen International에 한국 대표로 출전해 전통의상 부문에서 수상을 했다.

나는 매사에 즐거운 사람이다. 무언가를 하는데 있어 스트레스를 받은 적도 없었고 이왕 하는 거 즐겁게 하는 게 내 삶의 목표 중 하나이기도 하다. 그런데 세계대회를 나가기로 결정한 첫날부터 걱정이 많았다. 참가자들과 말이 안 통하면 어쩌나. 혼자 길을 잃으면 어쩌나. 이런 무서운 생각들이 많이 들었다. 하지만 지금 아니면 평생 도전할 수 없는 것이라고 생각해서 과감하게 도전을 했다.

한국대회와 세계대회 둘 다 무대에 오르기 위해 합숙 기간 동안 다양한 준비를 했다. 먼저 무대 워킹이라든지 무대 동선, 군무를 비롯한 다양한 교육을 받는다. 한국대회에서는 보통 밤12시가 넘어서까지 연습을 했던 기억이 있다. 일명 스파르타!

내가 세계대회에서 가장 놀랐던 건 저녁 8시가 지나면 자유 시간이었다는 것이다. 이렇게 여유로워도 되는 건가 싶을 만큼 놀랐다.

개인적으로 아직도 너무 궁금하고 재미있는 사건이 있다. 중국은 다도 문화가 굉장히 유명하다. 대회 합숙 기간 동안 다도에 대해 많이 배웠고 차(Tea)도 정말 다양하게 마셔본 것 같다.

또 하나의 추억, 다도

본선 당일 무대에서 다도 퍼포먼스가 있다는 공지가 내려왔다. 참가자 중 단 5명만 무대에 오른다는 것! 대회 중 '누가 등수 안에 들어서 수상하겠다.' 이런 예감이라는 게 있게 마련이다. 내가 속으로 뽑은 친구들을 포함해 나까지 다섯 명이 다도 퍼포먼스를 하게 된 것이다. 사실 그때 다른 모두가 우리를 시기와 질투의 눈으로 쳐다봤고, 나도 속으로 '나도 등수 안에 들어서 왕관 쓰는 건가?' 이런 설렘 가득한 생각을 했다. 그때부터 나는 마음속에서 설레발치며 너무 행복해했다.

대표로 다도 퍼포먼스를 하게 된 5명은 매일 밤 따로 모여 음악에 맞춰 연습을 시작했다. 대회 당일, 마음속으로 나는 스스로를 수상자라고 생각하고 있었다. 왜냐하면 다도 퍼포먼스를 하게 된 5명을, 다른 참가자 전원이 수상할 이들이라고 몰아갔기 때문이다.

"너희 다섯 명이 수상을 하게 될 것이다. 너희가 가장 예쁘다…"

하지만 그 다섯 명 중 나를 제외한 네 명이 TOP 5 안에 들었고 모두가 왕관을 썼다. 나는 등수 안엔 못 들었지만 특별상을 받게 된 것이다.

2016년 9월 그 대회 당시엔 그게 얼마나 속상하고 억울하던지. 대회가 끝나고 숙소에서 혼자 눈물을 삼키던 재미있는 기억이 난다. 대체 나는 왜 다도 퍼포먼스를 하게 된 거였을까? 아직도 너무 궁금하고 재미있는 추억이다.

피아니스트 겸 음악해설가 김다은,
이제는 아나운서 김다은이 되다

미인대회를 준비하면서 내겐 많은 발전이 있었다. 먼저 마음가짐 부터 달라졌다. 무대 위에서 내가 빛나기 위해서는 나 자신을 내가 먼저 사랑하는 것이 우선이라는 것을 깨달았다. 세계대회에 나갔을 땐 다른 나라의 참가자들에 비해 나는 키가 너무 작았다. 서양인들의 또렷한 얼굴에 비해 밋밋해 보이진 않을까 이런 생각들이 많았다.

하지만 대회에서 합숙 기간 동안 이런 생각들은 잠시뿐이었고, 다른 사람과 비교하는 것이 아닌 나의 장점을 부각하는 게 더 중요하다고 느꼈다. 그 부분이 지금 방송을 하는 데에 도움이 많이 되는 것 같다. 다른 방송인들과는 다르게 나만의 장점을 드러내는 것!

아나운서 준비를 위해 미인대회에 나가는 경우가 많다. 나의 경우는 정반대였다. 나는 어려서부터 피아니스트를 꿈꿔 왔고 미인대회에 나갔을 때에도 장래 희망에 피아니스트를 적었던 기억이 난다. 대회를 통해 알게 된 친구들이 아나운서를 준비한다는 것을 알게 되었고 자연스럽게 관심이 생겼다. 또 나는 대학 시절 음악 봉사동아리 회장을 했는데, 그때 무대 위에서 연주를 하는 것만이 아니라 음악 해설을 함께 진행했다.

AI가 범접할 수 없는 것 중 하나는 인간과 인간의 교감이라고 생각한다. 음악이야말로 관객들과 교감할 수 있는 것 중 하나다. 나는 더 많은 관객과 소통하기 위해 무대 위에서 음악을 연주하기 전에 마이크를 잡고 나의 이야기를 하는 데에 흥미를 많이 느낀 것 같다. 이런 다양한 경험이 내 삶의 원동력이 되었고 이런 경험들이 나를 더 나은 방향으로 인도해주었다. 이렇게 자신감을 갖고 소통하는 법을 배워 아나운서라는 꿈을 키우게 되었고 지금의 아나운서 김다은이 되어있는 것이 아닐까?

한국을 넘어 전 세계를 범접하다

가장 좋았던 점은 소중한 친구들, 그리고 잊지 못할 추억을 얻은 것이다. 여러 분야에 종사하고 있는 친구들을 알게 되었다. 사실 학창 시절 같은 분야의 친구들 말고 다른 분야의 친구들은 우리가 사회생활을 시작하지 않는 한 알게 될 기회가 적다고 생각한다. 나는 미인대회를 통해 많은 친구들을 알게 되었고 세계대회도 나가게 되어 전 세계에 친구들이 생겼다.

한국대회에서는 나와 같은 분야에 종사하는 친구들과 친해져서 서로 정보도 공유하고 도움이 되는 사이가 되었다. 또 세계대회에서 알게 된 태국 친구와 홍콩 친구, 그리고 일본 친구, 베트남 친구 등 많은 친구들과 연락 중이다.

세계대회에 참가하는 도중 내 생일이 있었다. 친구들이 생일파티를 해줘서 펑펑 울었던 기억이 있다. 그 생일파티도 기억에 정말 기억에 오래 남았지만, 더 놀라운 건 그다음 해 내 생일 때 일본 친구가 나에게 편지를 보낸 것. 내 생에 이런 행복한 일이 또 있을까 싶다. 나는 아직도 이 편지에 대한 감사함을 잊을 수가 없다.

대회에 출전한 지 어느덧 3년이 지났는데도 아직까지 그 나라에 여행을 가면 연락해서 만나곤 한다. 사실 대회를 나가는 것, 그 무대에 서보는 것은 돈으로 절대 살 수 없는 것이다. 그 추억을 넘어서 아직까지 좋은 인연이 되고 있다는 것에 나에겐 정말 큰 경험이었고 지금도 그 순간을 생각하면 짜릿하다.

의지를 가지고 노력하면 반드시 이루어진다

대회를 준비하면서 힘들고 어려웠던 부분이 참 많았다. 그중에 개인적으로 가장 힘들었던 건 혹독한 다이어트다. 방송을 하고 있는 지금도 변함없이 어려운 것 중 하나인 것 같고.

어려서부터 통통한 편에 속했던 나는 미인대회에 출전하기 위해 다양한 다이어트를 도전해 왔다. 그러면서 내가 깨달았던 건 뭐든지 꾸준히 노력해야 한다는 것이다. 대회를 준비하기 전 나는 거의 60㎏ 가깝게 살이 찌기도 했고 앞에서 말했듯 통통한 편이라 늘 말로만 하는 다이어터였다. 옳지 못한 방법이라는 걸 알지만 대회를 준비하는 기간 동안 하루에 방울토마토 5개만 먹고 버텼다. 가끔 길을 가다가 앞에 별이 보이기도 하고 힘없이 주저앉아 땅을 바라보기도 했으며 지하철에서 쓰러져 응급실을 간 적도 있다. 정말 어리석은 행동이었는데 그만큼 절실했던 것이 아닐까?

나는 그렇게 약 두세 달간 하루 방울토마토 5개로 버티며 48kg 까지 체중을 감량했다. 대회가 끝난 후 못 먹었던 음식들을 먹었더니 3주도 안 되어 다시 55kg까지 찌는 상황이 되기도 했다. 숫자가 중요한 건 아니라고들 하지만, 사실 내겐 숫자가 가장 중요했다.

대회는 3년 전에 끝났지만 나는 지금도 식단 조절과 운동을 꾸준히 병행하려고 노력 중이다. 물론 예전처럼 방울토마토 5개만 먹는 등 어리석은 방법으로 다이어트를 하진 않지만, 지금도 중요한 촬영이 있거나 과식하는 날이 있으면 하루나 이틀 굶는 건 일상이 되어버렸다.

일신 일일신 우일신: 매일매일을 새로운 마음으로

미인대회 출전 전과 이후에 크게 달라진 건 없다. 일부 사람들은 '인생역전'이라는 단어를 쓰기도 하지만, 미인대회 나가기 전의 김다은과 미인대회 나간 후의 김다은은 똑같다. 다만 나의 마음가짐이 달라진 것 같고 카메라 앞에서 더 자신감 있는 모습을 발견할 수 있었다. 또 달라진 점을 찾는다면 예전보다는 조금 더 예뻐진 나의 얼굴?

만약 내게 또다시 대회를 출전할 기회가 생긴다면 나는 무조건 도전할 것이다. 미인대회를 통해 더 발전된 사람이 되었다고 말할 수 있기 때문이다. 가장 중요한 건 피아니스트 김다은이 아닌 아나운서 김다은이 되었다는 것이다. 예상할 수 없는 꿈을 꾸게 해준 대회인만큼 내가 대회에 한 번 더 도전하게 된다면 아나운서 김다은보다 더 발전한 김다은을 찾을 수 있는 터닝포인트가 되지 않을까? 새로운 마음으로 '일신 일일신 우일신'의 자세로 도전한다면 또 한 번의 내가 탄생할 것이다.

세계대회 TIP

미인대회에 대한 많은 오해 중 하나가 비용 문제다. 국내대회에서는 드레스를 협찬해줬기 때문에 따로 비용은 들지 않았다. 어쩌면 그래서 더 부담 없이 편안하게 할 수 있었을지도 모른다. 세계대회의 경우 일단 나를 도와주겠다고 했던 한복 제작자분들의 도움을 받지 않고 혼자서 준비했기 때문에 아무래도 전통 의상 비용이 들기는 했는데, 그냥 평범하게 한복 맞춤하는 데에 쓰는 비용 정도 쓴 것 같다. 직접 발품 팔아가며 만들었기 때문에 돈보다는 시간과 노력이 더 많이 들었다. 그 외 세계대회에 참가하기 위한 항공권을 비롯한 모든 것은 주최 측에서 도와주셨다.

세계대회나 국내대회나 모두 나에게 어울리는 스타일이 무엇인지를 알아야 한다. 다행히 나는 피아노 무대에 자주 선 덕에 어려서부터 다양한 드레스를 입어봤기 때문에 어떤 디자인이 나에게 잘 어울리는지 비교적 잘 알고 있다. 그런 것들을 토대로 드레스를 준비했다. 또 평상시 입고 다녀야 할 원피스나 칵테일 드레스도 직접 돌아다니면서 골랐다. 전통 의상의 경우엔 한국대표로 세계대회에 나갔다 온 출전자들의 기사 속 사진을 비교하며 어떤 의상이 사진에 잘 나오는지, 어떤 의상이 더 돋보이는지 파악했다. 그 사진들을 모아 나에게 맞는 컬러를 종합했고, 그 디자인대로 만들어달라고 부탁했다.

결론적으로 내가 하고 싶은 이야기는 의상이 예쁘다고 무조건 나에게도 예쁘고 아름다울 거라는 생각은 완벽한 오산이라는 것이다. 모든 사람이 다 레드컬러 드레스를 입고 있었고 그 모습이 아름다웠다고 해도 내게 검정색이 어울린다면 그게 나에겐 최선이고 최고의 모습이라고 생각한다.

노력은 배신하지 않는다

미인대회를 준비하는 친구들이 지금도 나의 SNS를 통해 많이 물어본다. 나는 그럴 때마다 항상 같은 이야기를 해준다. '나 자신을 먼저 파악해야 해. 물론 너희들의 기준이 아닌 객관적인 시각으로 바라봐야 해. 냉정하게 판단해서 준비하는 것이 좋은 것 같아. 내가 말하는 객관적인 시각이란 그 사람이 미인대회에 어울리는 예쁜 얼굴인지, 아니면 그 정도로 예쁜 얼굴은 아닌지가 아니야. 그 사람의 매력, 자신만이 내세울 수 있는 장점이 무엇인지를 알고 무대 위에서 그것들을 보여주는 것이 중요하겠지? 하지만 무조건 겸손함이 함께 있어야만 해. 겸손하되 당당하고 자신 있게!'라고 이야기한다.

얼마 전 친한 언니가 미인대회를 너무 나가보고 싶은데 부끄럽다며 솔직하게 연락을 해왔다. "내가 과연 잘할 수 있을까? 내가 그 정도로 예쁘진 않은데 사람들이 비웃으면 어쩌지?"라는 이야기와 함께. 물론 미인을 뽑는 대회이기 때문에 다른 것보다 예쁜 것이 중요하다. 하지만 예쁜 것이 다가 아니라는 것을 깨달았기 때문에 미인대회를 준비하고 또 도전해 보고 싶은 친구들에게 나는 항상 전한다.

무조건 나가보라고!

수상이 목적이 아닌 큰 무대에서 경험해 보는 것은 그 어떠한 것보다 값진 경험이 되고, 그 경험을 통해 많은 것이 변한 자신의 모습을 발견하게 될 것이라고. 내적으로나 외적으로나.

모두 파이팅!

발레리나 춘향의
미스 그랜드 코리아 도전기

박나연

2018 미스 그랜드 코리아 선
2018 미스 춘향 우정상

2018년 봄, 전국 춘향선발대회에 출전해 우정상을 수상했다. 그리고 그해 여름 2018 Miss Grand Korea에서 '선'을 수상했다.

전국 춘향선발 대회는 '춘향전'의 배경인 전북 남원을 대표하는 미인을 뽑는 대회이다. 매년 5월 열리는 남원의 대표 축제 '춘향제'의 프로그램 중 하나로 춘향의 절개와 정절을 계승할 가장 한국적인 미인을 뽑아 그해 남원 홍보대사가 된다. 춘향선발 대회에는 '진', '선', '미', '정', '숙', '현' 6개의 본상과 승무원 채용의 기회를 주는 '이스타 항공상'과 '우정상', '해외동포상' 등의 특별상이 있다.

미스 그랜드 코리아(Miss Grand Korea) 대회는 미스 그랜드 인터내셔널 (Miss Grand internationl) 세계대회를 나가기 위한 한국 대표를 선발하는 대회다. 미스 그랜드 인터내셔널은 비폭력과 세계 평화를 추구하는 대회로 세계 5대 미인대회로 꼽는다. 수상자가 되면, 우리나라 전통과 문화를 세계에 알리는 역할을 하게 되며, 한반도의 평화를 기원하는 '평화 홍보대사'의 역할을 한다.

2019년에는 '진', '선', '미', '수', '려'의 Top 5를 선정하고 Top 1이 세

계대회의 기회를 얻었다. 특별상은 '베스트 드레서상', '베스트 스윔수트상', '우정상', '유튜브 크리에이터상', '디렉터상' 등이 있고 이외에 각종 협찬상이 있다.

캐스팅

'지젤', '호두까기 인형', '백조의 호수' 등 우리가 잘 알고 있는 발레 작품들이다. 이런 작품에 출연하고 싶다면 첫 시작은 무용수로 캐스팅이 되는 것이다.

'관객들의 환호와 박수를 받는 무대 위 발레리나, 최고의 축복 아닐까?'

토슈즈를 신고 공연 연습을 하던 내가 미인대회의 첫발을 내디딘 건 '아버지의 꿈' 때문이었다. 딸 바보 아버지는 나연이에게 무엇이든 경험하게 했다.

그중 가장 기억에 남는 것은 초등학교 2학년 때 있었던 일이다. 아버지께서 우연히 신문광고에 나온 '유아 모델 선발대회'를 보고 호기심 가득한 눈빛으로 신청을 하셨다. 얼마나 빠르게 접수했으면 내가 참가번호 1번이었다.

생애 첫 오디션, 아빠와 손을 잡고 오디션장으로 갔다. 1번이란 번호표를 달고 처음 보는 수십 명의 친구들과 한 방에서 대기를 했다. 낯설고도 신기했던 초등학생 나연이. 아마 내가 그날 오디션에서 첫 번째 탈락자였을 거다. 왜냐하면 내가 이름을 말하기도 전에 울음을 터뜨렸기 때문이다. 지금도 그날을 상상하면 이불킥과 함께 '왜 그랬니, 나연아.'를 마음속으로 외친다. 부끄럽고 후회되는 첫 오디션을 극복하기 위해 나는 두 번째 도전을 했다.

대학교 3학년, 무용실에서 한창 공연을 연습하던 중에 아버지가 사진을 하나 보내주셔서 확인을 했다. '춘향 선발대회' 공고였다. 아버지의 고향인 '남원'은 내게 익숙한 곳이다. 하늘에 계신 할아버지를 뵙기 위해서 찾는 곳이다. 그래서 어릴 때 '춘향제'도 자주 가봤고 '춘향 선발대회'도 익숙한 단어였다. 초2 때의 첫 오디션을 상상하며 긴장 반 설렘 반으로 지원해보겠다는 답장을 드렸다. 최선을 다해서 지원서를 작성하고 제출했다. 며칠 뒤 인터넷 홈페이지에서 합격자 명단이 떴다.

'112번 박나연'

무용 공연 대회에서 뜨는 합격자 명단과는 느낌이 달랐다. 그날부터 열심히 자기소개를 연습하고 가장 아름다운 한복을 빌렸다. 2차 심사인 면접 심사를 하기 위해서 남원을 찾았다. 숍에서 진한 화장의 발레리나 메이크업이 아니라 소녀처럼 풋풋한 메이크업을 받았다.

익숙한 듯 익숙하지 않은 모습의 나는 떨리는 마음으로 면접을 대기했다. 남원 문화 예술 회관에는 약 300명의 어여쁜 춘향이가 모였다. 세상에 이렇게 예쁜 사람이 많은 줄 몰랐다. 모두 '정말 예쁘다'라는 칭찬이 절로 나오는 미인들이었다. 그렇지만 나는 우리 집에서 가장 예쁜 딸. 가족들의 응원과 격려를 무한히 받는 '큰딸'이다. 씩씩하게 생애 두 번째 오디션을 봤다. 초2 때의 부끄러움을 또 겪을 순 없었다. 자신감 있게 심사위원 앞에서 나를 소개했다.

그 결과 1차 면접 심사를 통과했다! 나는 당시 결과를 확인한 후 기쁨에 가득 찬 아버지의 표정을 잊을 수가 없다. 곧바로 이어지는 2차 심사는 장기자랑 심사였는데 한결 편안한 마음이 들었다. 왜냐하면 자기소개보다 장기자랑을 열심히 준비했기 때문이다. 지금까지 학교에서 배우고 공연을 통해 쌓은 나의 창작 능력을 모두 쏟아 '춘향'이라는 창작 발레를 만들었다. 2차 심사는 내가 만든 작품을 선보이는 자리라고 생각을 했다.

결과는 정말 감사하게도 통과였다. 가족들은 내가 본선에 진출한 것만으로도 '춘향'이 된 것처럼 기뻐했다. 그 후 '87회 춘향선발대회' 본선 진출자로 완월정 무대에 서게 되었다. 즐겁게 열흘간의 합숙을 마치고 무대를 섰다. 하지만 많이 부족했다.

나의 부족한 점을 채우고 싶었다. 1년 뒤 대학교 4학년 봄, '88회 전국 춘향 선발 대회' 공고를 스스로 찾았다. 그 결과 '우정상'을 수상했다. 운이 잘 따르기도 했고, 나의 부족함을 채워주신 훌륭한 스승님과 가족, 친구들이 있어 가능했다. 어떤 것을 어떻게 채웠는지는 차근차근 풀어가겠다.

이처럼 하나의 발레 작품을 공연하고 싶다면 캐스팅될 의지가 있어야 했다.

배역을 위한 '오디션'

무용수로 캐스팅이 되면 작품에서 맡게 될 배역을 위한 오디션을 본다. 나 자신을 표현할 수 있는 춤을 추거나 캐릭터에 맞는 연기를 보여주어야 한다.

아버지는 내가 13살 때 무대에서 탬버린을 들고 찰랑찰랑 흔들며 춤추던 모습을 보고 발레를 계속할 수 있게 지원해주셨다.

'얼마나 열정적이었던지 발레 못하게 하면 큰일 날 뻔했지!

나는 무대에서 발레를 할 때 가장 설레고 짜릿하다.

그러나 미인대회 무대는 달랐다. 약 8년간 '무대'에서 활동한 경험이 부끄러울 정도였다. 최고로 긴장했던 때는 '87회 춘향 선발대회' 본선 날 아침에 봤던 사전심사다. 평소에 대회를 영상으로만 봐왔기 때문에 본선 날 무대에서 모든 심사가 이루어진다고 생각했다. 그런데 본선 당일 오전 10시에 사전심사를 통해 수상자가 어느 정도 가려진다고 했다. 고운 한복을 입은 32명의 참가자가 10명씩 한 팀이 되어 사전심사를 봤다. 차례로 자기소개를 하고, 심사위원의 질문을 받았다.

매우 떨리는 목소리, '웃어야지. 웃어야지.' 했는데도 입술은 부들부들. 바로 나다. 면접을 마치고 나왔을 때는 다리에 힘이 풀렸다.

수많은 발레 대회에 나가서 단 한 번도 긴장해본 적이 없는 내가 '미인대회'에서는 왜 그렇게 떨었던 걸까? 이유는 리허설을 많이 해보지 않았기 때문이다.

작품의 캐릭터를 잘 파악하고 그에 맞는 춤을 선정하며, 연습은 필수다.

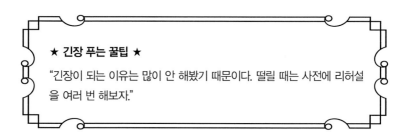

★ 긴장 푸는 꿀팁 ★
"긴장이 되는 이유는 많이 안 해봤기 때문이다. 떨릴 때는 사전에 리허설을 여러 번 해보자."

전통 클래식 = '춘향선발대회', 모던 = '미스 그랜드 코리아'

발레는 크게 두 가지 종류로 나뉜다. 19세기 말부터 지금까지 전해오는 전통적인 '클래식' 발레와 요즘 트렌드에 맞게 자유롭게 안무를 하고 개성적이며 화려한 '모던' 발레다.

발레 작품이라는 틀 안에서 기본 요소는 비슷하지만, 무용수는 이렇게 각 다른 성격을 가진 두 장르를 모두 소화해야 한다.

춘향 선발대회와 미스 그랜드 코리아 대회는 참가자 모두 합숙을 한다. 약 7~10일간의 합숙을 통해서 참가자들의 끼와 재능을 영상으로 만들고, 본선에 오를 무대 안무 연습을 한다.

두 대회 모두 대회의 대표를 뽑기 위한 교육을 받는다. 춘향 선발대회는 우리나라의 전통 예절을 배우고 춘향의 역사를 배우며 남원 곳곳을 돌아다닌다.

미스 그랜드 코리아는 미스 그랜드 인터내셔널 세계대회에 나갈 대표를 선정하는데, 경기도의 DMZ를 알리고 한반도 평화를 위한 홍보대사 역할도 한다. 대회 합숙 중에 '도라전망대'에 간 적이 있었다. 전망대에서 망원경으로 북한 땅을 처음 봤다. 실제로 눈앞에 북한이 있다는 게 뭉클했다. 이렇듯 두 대회는 홍보대사의 역할을 할 수 있는 교육을 모든 참가자에게 해준다.

반면 두 대회의 다른 점.

첫 번째, 본선 진출자 선발 방식이다.

춘향 선발대회는 전국의 참가자들이 한곳에 모인다. 먼저 서류 심사 통과가 되면 전라북도 남원으로 면접심사를 간다. 면접심사는 자기소개와 장기자랑 심사로 나뉘어 있다. 서류를 통과한 전국의 참가자들은 남원으로 모여 1차로 자기소개 심사를 받는다. 자기소개 심사를 통과하면 2차로 준비한 재능을 심사받는다. 최종 2차 심사까지 통과하면 약 30명의 본선 진출자가 5월에 열리는 '춘향제' 본선 무대에 오르게 된다.

미스 그랜드 코리아는 서울, 경기, 충청 등 각 지역에서 예선 심사를 열고, 각 지역의 진, 선, 미를 뽑아 선정된 참가자들이 본선 무대에 오른다. 각 지역 예심에서 1차로 자기소개를 심사하고, 2차로 장기자랑, 3차로 수영복 심사, 마지막으로 면접심사를 통해 본선 참가자를 선정한다.

두 번째, 준비물이 다르다.

두 대회 모두 본선에서 입는 한복과 드레스를 협찬해주는 훌륭한 대회다. 그래서 의상을 입기 위한 간단한 준비물만 참가자가 챙겨 가면 된다. 춘향대회는 본선 무대에서 한복을 입는다. 때문에 흰색 버선, 한복 구두, 속치마(한복 패치), 연습용 풀 치마는 개인이 챙겨야 한다.

미스 그랜드 코리아는 본선에서 드레스를 입는다. 15㎝ 정도의 높은 구두와 드레스용 이너 속옷을 꼭 챙겨야 한다.

세 번째, 분위기가 다르다.

'춘향' 하면 봄, 단아함, 열여덟의 풋풋함, 지성미가 떠오른다. 참가했던 친구들도 모두 단아하고 한복이 매우 잘 어울렸다. 한복처럼 단아함에 나만의 매력을 한 스푼 넣으면 좋을 것 같다.

반면 미스 그랜드 코리아는 미스 그랜드 인터내셔널 세계대회를 나가기 위한 대표를 뽑는 대회다. 때문에 세련되고 당당한 이미지와 자신감 있는 워킹, 파워풀한 목소리가 중요하다.

전통 클래식 작품 – '춘향' 역

가장 먼저 '춘향'을 탐색했다. 춘향전을 읽고, 매일 '내가 춘향이었다면 이 상황은 어땠을까?' 상상을 했다. 머릿속이 온통 '춘향'이다 보니 자연스럽게 걸음걸이도 단아해지고, 말투도 차분해졌다. 집에 있는 한복을 입고 동생과 상황극도 해봤다. 장기자랑은 전공을 살려서 국악에 발레 동작을 창작해 안무를 준비했다.

아무리 15살의 풋풋한 춘향이를 뽑는 대회라 할지라도 메이크업과 옷 스타일을 유행에 맞게 꾸미는 것은 필수였다. 좀 똥 손이었던 나는 메이크업과 헤어를 배웠다. 우연히 프로필 사진을 찍는 날 아침에 찾은 메이크업 숍 디자이너 선생님께서 고민을 해결해 주셨다. 옷 스타일링은 나를 잘 아는 어머니가 항상 추천해 주셨다.

자기소개와 면접 준비는 정말 어려웠다. 약 1분 정도의 짧은 자기소개를 만들기가 이렇게 어려울 줄은 몰랐다. 학원 선생님께서 추천해주신 '브레인스토밍'을 시작했다. 나 '박나연'을 키워드로 만들어 보니 발레가 가장 먼저 나왔다. 내가 했던 공연들, 좋아하는 발레 작품, 멘토 발레리나 등을 적었다. 나의 성격이나 특징을 적어보니 아침에 일찍 일어나는 습관, 남을 잘 챙기는 성격, 리액션이 좋다, 건강한 체력 등이 나왔다. 외적인 부분에 대해선 이목구비가 뚜렷하다, 발레로 다져진 건강미, 우아한 손짓 등을 적었다. 먼저 해외 공연 활동을 다니면서 외국인 친구들이 칭찬했던 한국의 아름다움을 말하고, 그 아름다움을 누구보다 행동(몸짓)으로 자연스럽게 전할 수 있음을 어필했다.

자기소개 대본을 만든 후 다음 단계는 면접 준비였다.

"춘향 선발대회에 지원을 하게 된 계기는 무엇인가요?"

"네, 제가 춘향 선발대회에 지원을 하게 된 계기는 아버지가 한번 나가봤으면 좋겠다고 물어보신 것입니다. 그래서 신청을 했는데…"

처음의 내 답변은 '식상'했고 '답답'했다. 그래서 질문을 다시 반복하는 습관을 없앴고 답변의 핵심을 먼저 말했다. 또 답변의 길이를 최소화했다.

"처음엔 아버지께서 권유하셨습니다. 그런데 대회를 준비하면서 남원의 아름다움에 감동했습니다. 전통이 오롯이 깃든 아버지의 고향을 알리고 싶습니다."

모던 작품 – 'Miss Grand Korea' 역

미스 그랜드 코리아는 '표정과 워킹'에 중점을 두었다. 대회를 준비하면서 단아한 춘향이의 모습을 세련되고 도시적으로 바꾸기 위해서 노력했다. 긴 드레스에 맞는 워킹을 연습을 하고 그에 맞는 우아한 표정 연습을 했다. 드레스 워킹 연습은 너무 즐거웠다. 왠지 동화 속 주인공이 된 기분이 들었기 때문인가 보다.

미스 그랜드 코리아는 세계대회에 나가기 위한 대표를 뽑는 대회이면서 동시에 경기도 DMZ를 알리는 세계 평화 홍보대사를 뽑는 역할도 한다. 세계적인 대회인 만큼 간단한 영어 회화를 준비했다. 유창한 실력은 아니었지만 간단한 대화는 외웠다.

춘향 선발대회와 다르게 미스 그랜드 코리아는 1:1 면접심사가 있다. 약 10명의 심사위원님과 1분 남짓 대화를 하게 된다. 춘향을 준비할 때는 거의 '춘향이 된다면', '왜 춘향이 되어야 하는가' 등 초점이 '춘향'에 맞춰져 있었다면, 미스 그랜드 코리아는 나의 삶과 앞으로의 비전을 물어보는 질문이 많았다. 미스 그랜드 코리아 대회를 통해서 앞으로 어떤 것을 하고 싶은지, 세계 평화를 나만의 방식으로 어떻게 알리고 싶은지와 같은 내 이야기를 물으셨다. 준비를 할 때도 마찬가지로 앞으로 어떻게 활동을 하고 싶은지 정리했다.

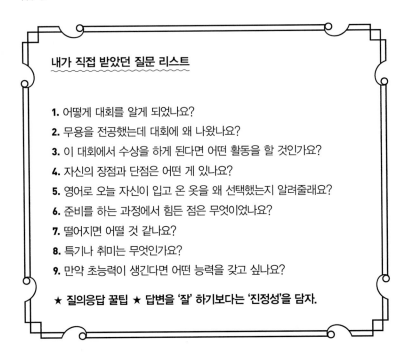

내가 직접 받았던 질문 리스트

1. 어떻게 대회를 알게 되었나요?
2. 무용을 전공했는데 대회에 왜 나왔나요?
3. 이 대회에서 수상을 하게 된다면 어떤 활동을 할 것인가요?
4. 자신의 장점과 단점은 어떤 게 있나요?
5. 영어로 오늘 자신이 입고 온 옷을 왜 선택했는지 알려줄래요?
6. 준비를 하는 과정에서 힘든 점은 무엇이었나요?
7. 떨어지면 어떨 것 같나요?
8. 특기나 취미는 무엇인가요?
9. 만약 초능력이 생긴다면 어떤 능력을 갖고 싶나요?

★ 질의응답 꿀팁 ★ 답변을 '잘' 하기보다는 '진정성'을 담자.

질문에 답변을 정리했다면 리허설(연습)이 필요하다. 거울 속의 나에게 질문하고 답변하는 연습을 했다. 스스로 연습한 후에는 단짝 친구에게 심사위원이 되어 면접을 봐달라고 부탁했다. 친구는 심사위원으로 빙의한 듯 날카롭게 질문했다. 또 내가 써놓은 질문을 교묘하게 바꿔서 묻는 센스도 있었다. 나는 진짜 면접처럼 긴장하며 우물쭈물했다. 잠시 벙어리가 되기도 했다. 요즘 말로 멘붕이 왔다. 그런데 면접도 '대화'다. '나를 평가하는 시간'을 '나를 뽑아주는 시간'으로 바꿔 생각했다.

실제 미스 그랜드 코리아 본선 면접 심사에서는 바뀐 내 생각 덕분에 편안한 마음가짐으로 임했다. 한 심사위원님께서 내 도전에 격려와 칭찬을 해주셔서 감사했다.

춘향선발 대회와 비슷하게 준비했던 것은?

사적인 질문 면접 연습(취미, 특기, 좋아하는 것, 장점과 단점, 전공 등), 나와 잘 어울리는 메이크업 연습하기(속눈썹 잘 붙이는 법, 앞머리 띄우는 방법 등)

자기 소개 준비 요령은?

각 대회의 특성에 맞게 준비하기. 춘향 선발대회 본선에서는 한복을 입고 사뿐히 걸었으며 나긋나긋한 목소리로 단아하게 15살의 마음으로 소개했다. 한편 미스 그랜드 코리아에서는 스키니 진에 크롭 티를 입고 신나는 팝 음악에 당당히 워킹하며 세계와 소통할 만큼 자신감 있게 나를 소개했다.

브누아 드 라 당스: 최고 여성 무용수 상

브누아 드 라 당스(Benois de la Danse)는 '무용계의 아카데미 상'이라고도 불리며, 한 해 동안 전 세계 유수의 발레단이 선보인 작품에서 활약한 여성 무용수에게 '최고의 여성 무용수 상'을 수상한다.

춘향 선발대회에서 받은 '우정상'은 나에게 본상에 버금가는 값진 상이다. 결과적으로 87회와 88회 춘향선발대회 모두 본선을 통과했고 완월정 무대에도 무려 두 번이나 설 수 있었다. 가장 멋진 것은 총 60명의 지혜롭고 아름다운 친구들과 함께한 추억으로, 이 추억은 잊을 수가 없다.

더욱이 미스 그랜드 코리아에서는 '善' 수상과 더불어 세계대회에 참관을 초청받는 혜택과 협찬상까지 받게 되었다.

한국을 빛낸 발레리나 강수진, 김주원, 박세은이 받은 '브누아 드 라 당스 최고의 여성 무용수 상'이 값진 것처럼 나에게 '우정상'과 '善' 수상은 최고의 상이다.

공연이 끝난 뒤

무용수는 평생 수많은 작품을 춤추게 된다. 수많은 배역도 만나게 된다.

한 작품의 공연 끝나면 잠시 동안 맡은 역할에 빠져 있다가도 곧 다음 작품을 위한 새로운 준비를 한다.

미인대회는 '나'라는 존재를 가치 있게 해주었다. 활동적인 성격인 나는 의외로 낯가림이 있었다. 무용 말고 다른 분야의 사람들과의 다양한 관계가 없었다. 그런데 미인대회를 경험하면서 개성이 넘치는 다양한 친구들을 사귈 수 있었다. 이 친구들은 지금 내게 정말 소중한 친구들이 되었는데, 공통점은 모두가 스스로를 아끼고 사랑한다는 것이다. 때문에 앞으로 어떤 일을 하든지 성공할 멋진 친구들이다. 또 이들은 외모뿐 아니라 내면이 아름다운 빛나는 친구들이다.

도전을 앞둔 독자들에게 미인대회는 '가치 있는 활동'이라고 전하고 싶다. 그러나 미인대회가 유익한가는 스스로 마음먹기에 달려 있다. 최선을 다해서 미인대회를 경험했을 때 유익함이 찾아온다. 이 가치 있는 활동을 통해서 달라진 점이 있다.

첫 번째, 내가 진짜 좋아하는 일이 무엇인지 알았다. 다양한 친구들과 대화를 하고, 서로의 이야기를 진심으로 들어주었다. 그 결과 내가 정말 잘하는 일, 좋아하는 일을 가지치기 할 수 있었다.

두 번째, 외국에 나가는 기회가 생겨서 다양한 문화를 배울 수 있었다. 2018 미스 그랜드 코리아에서 '眞'으로 당선되고 수상 혜택으로 '2018 미스 그랜드 인터내셔널' 대회에 참석하는 기회를 얻었다. 세계대회에서 한국을 알리며 책임감을 갖게 되었고 애국심도 짙어졌다.

세 번째, 진짜 나를 사랑하는 법을 알았고, 나를 응원을 해주는 감사한 사람들이 정말 많다는 것을 느꼈다. 그래서 그 감사한 마음을 보답하는 마음으로 살게 됐다.

에피소드

호박 고구마 - 에피소드 1

대회를 준비하면서 얻은 것이 있다면 바로 '개인기'이다. 발레가 전공이라 어딜 가든 개인기는 '다리 찢기'다. 그런데 요즘 남녀노소 '필라테스', '요가', '발레핏'을 취미로 즐기기 때문에 이 '개인기'는 살짝 식상하다. 색다른 개인기를 찾기 위해 기나긴 여정을 떠났다. 일단 TV, 라디오, sns에 나오는 재미난 것들을 다 따라 해보기로 했다.

가장 처음 연습했던 것은 '설현 애교 필살기 모음집'이었다. 주변에서 고개를 저었다. 두 번째로 성대모사를 했다. 이름을 말하기 부끄러울 정도로 주변에서 '누구 따라 한 거야?' 했다. 몇 번이고 차가운 반응을 겪어서 자신감이 떨어져 있을 때, 우연히 시트콤 '거침없이 하이킥' 5분 순삭(순간 삭제) 영상을 보게 되었다. 그것은 한창 인기를 끌던 나문희 여사와 박해미 씨의 '호박 고구마' 상황극이었다.

당시 인기 연예인들도 방송에서 따라 하며 이슈가 됐다. 친구들이 내 코맹맹이 소리가 극 중 박해미 씨의 목소리와 좀 비슷하다고 했다. '호박 고구마' 개인기는 출연했던 라디오에서도, 방송에서도 쓸 수 있었다. 만약 개인기가 없어서 만들고 싶다면, 무엇이든 다양하게 해 보고 꼭 주변에 보여주자.

응가 이야기 - 에피소드 2

합숙을 하면 친구들과 많이 친해질 수 있다. 예전에 우연히 잡지에서 읽었는데, 사람들이 수다를 떨 때 자주 하는 이야깃거리 베스트 5에 '똥' 얘기가 들어 있었다. 맞는 말이다. 사실 나는 '장'이 좀 예민하다. 그래서 자주 달래주고 대화를 해야 한다. 합숙을 하면 여럿이서 한 방을 쓰기 때문에 화장실 사용에 많은 배려가 필요했다. 그리고 합숙 스케줄을 참가자 모두 함께 소화하기 때문에 사소한 개인행동에도 주의가 필요하다. 물론 '화장실'은 예외이긴 하지만….

합숙 4일차에 접어들자 하나둘 안색이 좋지 않은 '나' 같은 참가자들이 있었다. 그래서 우리는 곧 동지가 되었다. 예민한 장을 달래줘야 하니 자신만의 비법(?)을 공개하기도 했고, 각종 건강식품을 나열하기도 했다. '응가' 알쓸신잡을 열었다. 나중에 합숙 끝나갈 무렵엔 아침 인사를 '오늘은 갔니?'로 시작했다는 웃픈 이야기.

쉿, 지금부터 저를 주목해 주세요 - 에피소드 3

자기소개를 만드는 과정에서 어떻게 하면 발레 전공을 살릴 수 있을까 고민하다가 발레 작품 중 하나인 '할리퀸 아드'가 생각났다. 극 중 주인공 소녀는 아주 귀엽고 사랑스러운 캐릭터다. 소녀는 사랑의 비밀을 지키기 위해서 엄지로 관객에게 '쉿' 하는 표정

연기를 한다. 처음에는 집에서 혼자 연습해 봤다. 너무 유치한 거 아닐까 고민했다. 다음 날 학원에서 처음 공개했는데 선생님이 이걸로 가자고 하셨다. 모든 대회에서 "옜 지금부터 저를 주목해 주세요!"(손짓)라는 멘트와 함께 귀여운 손동작으로 시작했다. 나와 잘 맞았나 보다. 선생님 감사합니다.

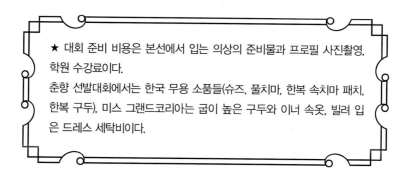

★ 대회 준비 비용은 본선에서 입는 의상의 준비물과 프로필 사진촬영, 학원 수강료이다.
춘향 선발대회에서는 한국 무용 소품들(슈즈, 풀치마, 한복 속치마 패치, 한복 구두), 미스 그랜드코리아는 굽이 높은 구두와 이너 속옷, 빌려 입은 드레스 세탁비이다.

TO. 곧 경험을 공유하게 될 그대에게

지코의 음악 중에 '나는 너 너는 나'라는 달콤한 노래가 있다. 커플들에게는 아주 달콤한 사랑 이야기이다. 그러나 대회에서는 '나는 나 너는 너'이다. 나는 세상에 하나밖에 없다. 준비를 하다 보면 '마음'이 흔들릴 때가 많다. 나보다 더 훌륭해 보이는 친구들을 보며 기가 죽기도 하고, 아직 준비가 되지 않았다는 생각에 '예선 면접장에 가지 말까?' 하는 마음이 들기도 한다.

100번, 1,000번 그대의 마음을 이해할 수 있다. 그때는 기분을 전환시킬 '나만의 스트레스 해소법'을 만들자. 나는 '혼코노(혼자 코인 노래방)'를 즐겼다. '혼영(혼자 영화)'도 즐겼다. 잠시나마 기운을 내고 자신감을 채워 그대만이 낼 수 있는 색깔로 빛나길 간절히 기도한다.

> ★ 인생은 문제를 극복해 나가는 게임이다. 준비를 하다가 '내가 잘하고 있나?' 하면서 포기하고 싶을 때는 더욱이 나를 사랑해 주고 힘든 나를 꼭 안아주면 좋겠다. 여러분의 진심을 담은 행동은 진심이 되어 돌아온다. 세상에 하나뿐인 당신을 응원한다. 그리고 그 도전에 박수를 보낸다.

전 세계에 울려퍼진 코리아!

박하영

2017 미스 그랜드 코리아 진

평범한 여대생 세계대회를 나가다

평범한 여대생이었던 나에게 미스코리아는 '꿈의 무대'였다. 막연한 꿈은 있었지만 용기가 나지 않아 상상하는 것조차도 두려움이 컸다. 그러다 내가 이 세상을 떠나게 될 때를 생각했는데, 미스코리아에 나가서 수상을 못한 게 후회되지는 않을 것 같고 미스코리아에 나가지 않은 것을 후회할 것 같았다.

이렇게 글로는 쉽게 결정한 것 같지만, 나는 소심했다. 그래서 미스코리아에 출전하겠다는 마음을 먹기까지 큰 용기가 필요했고 지원서도 손에 땀을 쥐며 한 자 한 자 뛰는 심장으로 썼다.

하지만 도전을 하리라고 마음을 굳힌 후에는 내가 선택한 도전에 책임을 지겠다고 생각했다. 내가 원하는 만큼의 결과를 위해 노력하겠지만, 내가 원하지 않는 결과가 나오다 해도 책임질 용기를 가지려 했다. 최선을 다해서 식단 관리와 운동을 했고 독서도 하며 나를 하루하루 조금씩 발전시켜 나갔다.

건강한 식단으로 하루하루를 변화시키다

학교 가기 전 새벽에 요가와 필라테스를 2시간씩 매일 했다. 주말에는 등산으로 부족한 유산소를 채웠다. 그리고 식단 관리를 아주 철저하게 했다. 초반에 적응하기 힘들긴 했지만 시간이 지나면서 괴롭기보다는 점점 즐기고 있는 나를 발견했다. 절대 굶지 않으면서 하루 3끼를 건강하게 챙겨 먹었다.

외식을 할 곳이 마땅치 않아서 일주일 치 식사를 한 번에 미리 요리해서 끼니마다 꺼내 먹는 방법인 '밀프렙'을 선택했다. 바쁜 날은 세 끼 도시락을 다 들고 간 적도 있었다. 식단은 항상 탄수화물, 단백질, 지방 비율을 맞춰 먹었다.

Hand portion이라는 손쉬운 방법이 있는데 '탄수화물 : 한 주먹, 단백질 : 손바닥, 지방 : 엄지 한마디'를 지켜 먹으려고 노력했다. 처음에는 힘들었지만 습관이 되면서 요리나 운동에 더욱 흥미를 느끼게 되었다. 그래서 현재 요가 강사를 하고 있고, 또 건강한 삶을 지켜나가면서 건강식 전도사가 되었다.

지금은 유튜브 채널에서 건강 요리 MC로 촬영도 하고 있다.

메이크업 초보 탈출하기

나는 대회에 나가기 전에는 화장을 전혀 하지 않았다. 대회에서는 손수 메이크업이 필수였으므로 메이크업 수업을 찾아가서 배웠다.

세계대회에 나갈 때는 외국에 맞는 메이크업을 배워야 해서 외국 메이크업을 하는 예술가를 수소문해 메이크업을 배웠다.

한국에서 선호하는 하얀 피부에 청순한 이미지를 나도 좋아했는데, 대회 수상을 위해 태닝을 하고 관능적임을 강조하는 이미지로 바꿔서 출전하기도 했다. 새로운 경험이었다.

내가 할 수 있는 만큼에서 최선을 다하자!

많은 분이 대회 준비 비용을 궁금해하는데, 메이크업이나 운동을 하는 개인적으로 쓴 돈을 제외하면 공식적 비용은 학원 비용 60만 원, 미스코리아 대구 대회 50만 원(헤어, 드레스)이 들었던 것 같다.

비용이 아주 많이 든다는 생각 때문에 포기하는 사람들이 많은데, 정말로 하고 싶다면 나처럼 할 수 있는 한도 내에서 최선을 다하면 된다. 그래도 충분히 도전할 수 있다.

첫 번째, 의상 구입. 비싼 의상을 입을 필요는 없다. 나는 스파 브랜드에서 많이 구입했고, 동대문에서도 독특한 옷을 많이 발견했다. 자신의 개성과 몸을 아름답게 만들어줄 수 있는 옷이면 된다.

두 번째, 나는 화장을 전혀 하지 않아서 메이크업에 익숙해지기가 힘들었다. 그래서 감을 익히기 위해 하루가 멀다 하고 거의 매일 화장품 편집샵 같은 곳들을 돌아다니면서 테스트를 해보고, 여러 제품을 직접 발라 보았던 것 같다. 그리고 매일 풀메이크 업을 하고 다녔다.

끼를 노력으로 채우다

나는 끼를 노력으로 채웠다. 끼를 아무리 쥐어짜내도 나오지 않는 무뚝뚝한 경상도 여자다. 끼가 없다고 포기할 수는 없으니 노력이라도 하자고 생각했다. 끼가 많은 아이는 무대에서 애드리브로 채우는데, 나는 눈동자의 위치부터 고개를 돌리는 타이밍까지 철저하게 계산하고 무한 반복 연습했다.

무대 리허설할 때에 나는 걸음 수를 외울 정도로 동선을 이미지 트레이닝 했다. 합숙 때 밤에 안 자고 몰래 빠져나와 새벽에 연습하고, 화장실이나 샤워장에서도 연습했다. 연습하고 또 연습했다. 또 SNS를 통해 적극적으로 나의 일상과 감정들을 공유하면서, 끼를 발산하지 못했던 것들을 나의 진솔함으로 채우려고 노력했다.

2017 미스 그랜드 코리아 眞 박하영

　나는 첫 도전으로 미스코리아 대구 지역을 나갔다. 그 후 학원 선생님의 적극적인 권유로 다시 2017 미스 그랜드 코리아에 나가 진(1위)을 수상했다.

　내가 출전했던 MISS GRAND INTERNATIONAL(미스 그랜드 인터네셔널)은 세계 5대 미인대회로, 미인대회 열풍을 가진 태국이 주관한 대회다. MGI는 전 세계 60여 개국의 미인이 모여 열리는 유니버스와 같은 미인대회 중 하나로 동남아시아에서 많은 인기를 끄는 대회다. 그중 한국대표를 뽑기 위해 미스 그랜드 코리아가 열리는데, 이 대회 입상자는 한국에서 DMZ 세계 평화 홍보대사로 활동한다. MGI 한국대표를 선발함과 동시에 분단국의 아픔을 가진 한국에서 평화를 도모하기 위해 만든 대회다.

　2017년 우승 후 한국대표 자격을 얻어 미스 그랜드 인터내셔널이라는 세계대회 출전권이 주어졌다. 미스 그랜드 인터내셔널에 참가하게 되었고 전통 의상(national costume) top 20위에 들었으며, 인기 투표 8위에 오르기도 했다.

세계대회를 위한 노력

　처음에는 막막하고 힘들었다. 하지만 기본에 충실하자는 마음으로 준비했다. 그래서 영어 공부, 메이크업, 스타일링, 워킹 연습을 매일 했다.

영어 학원을 다녀온 뒤에는 운동을 했다. 오후나 저녁에는 해외 메이크업이 가능한 메이크업 아티스트에게서 메이크업을 배웠다. 예산에 여유가 있지 않았기에 전국을 돌아다니며 나에게 어울리는 드레스와 칵테일 드레스를 공수했다. 또 다른 나라의 사람들에게 피해를 주지 않기 위해 예절에 대해 공부했다.

세계대회 중 전통 의상 쇼가 열리는 시기가 태국에서 아주 존경받는 태국 푸마폰 국왕의 서거 1주기였다. 그날 따라 태국인 스태프들이 모두 검정 옷을 입고 태국 대표가 검정 옷을 입었기에 알게 되었다. 나도 가져온 블랙 원피스를 잘라 푸마폰 국왕을 애도하기 위한 검정 리본을 만들었다. 그 검정 리본이 전통 의상 쇼에서 좋은 호응을 얻어 전통의상 top20에 드는 성적을 얻었다.

인생의 아름다운 순간 "세계대회"

세계대회를 하며 "박하영 씨 응원합니다!"라고 외치던 베트남에서 만난 한국인들이 기억에 남는다. 아주 더운 날이었는데 한국인이라는 이유로 전혀 모르는 나를 응원하기 위해 할아버지부터 아기까지 3대가 몇 시간이나 기다려 나를 응원해준 가족도 기억에 남는다. 1분 1초가 소중한 여행인데 시간을 내어 내 이름과 코리아를 불러주던 한국 분들이 나에게 정말 도움이 되었고, 김연아의 마음을 잠시나마 느낄 수 있었다.

세계대회에 함께 나갔던 친구들과의 에피소드도 기억에 남는 것이 많다. 60개국의 사람들이 모여 있기 때문에 정말 많은 일이 있었다. 저녁 만찬이 있던 날이었는데, 일본 대표 에리카와 내가 각자의 이유로 힘든 하루였다. 식전 빵을 먹으면서 눈물을 흘렸던 때가 기억이 난다. 눈물 젖은 빵을 일본인 친구와 함께 먹게 될 줄은 몰랐다.

대회 마지막 날 새벽 2시에 나이지리아 대표 친구가 선물을 주러 내 방을 찾아왔다. 직감적으로 우리가 마지막일 거라는 게 느껴져서 굉장히 슬펐고, 그래서 특별했다. 나이지리아 친구나 룸메이트였던 니카라과 대표 같은 친구들과는 오늘 하는 인사가 작별 인사라는 것을 모두가 알고 있었다. 한국과의 거리가 멀고, 방문할 일이 거의 없기 때문이다. 그래서 슬펐지만, 아름다운 기억으로 남아 있다.

대회 도중 단짝으로 불렸던 일본 대표 에리카와 마카오 대표 카일리는 한국과 일본을 오가며 매해 만남을 가졌다. 또 올해에는 나를 한 달간 유창한 한국어로 도와주었던 스태프인 베트남인 낸시가 한국에 유학을 와서 함께 신촌과 홍대를 여행했고, 서로 선물을 사주면서 좋은 시간을 보냈다.

이렇듯 내 인생에 있어서 절정경험이었다.

유명 심리학자인 매슬로는 '절정경험'을 이야기했다. 절정경험이란 특정 경험의 순간에 무아지경에 빠지면서 절대적 행복이나 집중에 빠지는 체험을 말한다. 삶에서 양질의 행복을 누리는 사람들의 공통적인 특징이 이런 절정경험을 자주 느끼는 사람이라고 했다.

나는 이 절정경험을 세계대회를 통해 느꼈다. 60여 개국이 넘은 나라의 미인들이 나와 함께 런웨이를 걷는데 그때만큼은 주위의 모든 것, 걱정거리가 하나도 생각나지 않았다. 오롯이 내가 나로 존재하고, 나는 내 길을 걸었다. 그때 그 순간만이 내 기억에 영화처럼 남았다.

'아! 나의 삶에도 그런 순간이 있었구나.' 하는 아름다운 순간. 돌아갈 수 없지만 참 좋은 기억이다.

큰 키가 단점에서 장점으로 발전하게 된 계기

내 키는 175㎝다. 난 태어날 때부터 키가 컸다. 나를 낳을 때 의사 선생님과 어머니가 고생했다고 들었다. 신생아실에서도 길쭉하고 까매서 많이 구경하고 갔다고 한다.

학교 다닐 때는 너무 큰 키가 콤플렉스였고 어디를 가나 눈에 띄는 게 싫었다. 키 크고 까맣다고 매일 놀림을 받았다. 그때만 해도 하얗고 작고 귀여운 여성상이 '예쁘다'라는 정의가 확고했고 나도 그렇게 믿고 있었다. 그래서 나는 자신감이 줄어들었고 구부정한 자세를 유지했으며 항상 플랫슈즈나 운동화만 신고 다녔다.

그런데 미인대회에서는 나의 키가 아주 큰 장점이 되었다. 대회를 준비하며 자세 교정 운동을 하면서 1cm가 더 컸다. 심지어 세계대회에서 서양인들보다 아시아인인 내가 키가 더 컸다. 또 아시아인이지만 키가 아주 크다고 다들 놀라워했고 주목을 받기도 해서 쇼 자리에서 무대 중앙 자리를 얻는다거나 다양한 드레스를 선택할 수 있었다. 이렇게 큰 키는 콤플렉스에서 트레이드마크처럼 따라붙었다. 이처럼 대회를 통해 단점을 장점으로 승화시켰다.

부모님의 예상치 못한 반응

부모님에게 처음으로 효도했다. 우리 부모님은 나를 키우면서 크게 기뻐할 일이나 남들에게 자식 자랑할 일이 별로 없었는데 왕관을 쓰면서 효녀가 되었다. 아버지는 처음으로 내 딸이라 자랑스럽다는 이야기를 하셨고, 정말 멋있었다는 말을 연발하셨다.

부모님께서 기뻐하셔서 나도 행복했다. 또 학교 축제에서 "인생은 박하영처럼."이라는 말을 후배들이 많이 해주었는데, 약간 놀리는 것 같지만 뿌듯했다.

대회 후 나의 인생

세계대회에서 몇 개월 간 드레스를 입고 호텔에서 지내다가 다시 한국에 돌아오니 만원 지하철을 타고 가는 것에 적응하는데 오래 걸렸다. 몇몇 친구들은 거리감이 느껴진다고도 했고, 내가 누구인가에 대해 정체성을 잠시 헷갈리는 시기가 있었던 것 같다.

오전에는 학교에 가서 수업을 듣고 저녁에는 화려한 드레스를 입고 화보를 촬영하고 지하철을 타고 집에 들어갈 때는 좀 과장해서 말하면 신데렐라가 12시가 지난 느낌이었다. 내 안에 두 자아가 있는 것 같기도 했다. 지금은 그 모든 것을 수용하고 모두 나라고 인정하기로 했더니 마음이 한결 편해졌다. 또 지금은 그때의 기억과 경험을 살려 지금도 어떠한 일을 도전하고 해결해 나가는 원동력으로 쓰고 있다.

책임지는 용기를 배우다

내가 원하는 것을 위해 다른 것을 포기하는 용기를 배웠다. 작은 것 같지만 나는 그로 인해 더 자유로워졌고 인생을 바꾸는 터닝포인트가 되었다.

나는 항상 차선을 선택하는 사람이었다. 상황과 주변 시선에 맞취서 욕먹지 않을 만큼, 사회의 평가에 번지르르한 선택을 나의 욕구보다 우선했다.

내가 정말 원하는 가슴 뛰는 일을 선택하고, 하루하루 온 힘을 다해 노력했고 실패해도 책임지겠다는 마음가짐으로 대회에 임했다. 그 이후에는 내가 하는 선택에 대한 자신감과 책임을 더욱더 느끼게 되었고 한 발 성숙하게 되었다.

25살 이전의 나는 어떠한 결정을 쉽게 내리지 못했다. 25살 무렵에도 나는 미스코리아가 되고 싶었다. 하지만 대학원 진학과 막 시작한 요가 일을 그만둬야 하는 상황이었다. 또 틈틈이 아르바이트로 모은 돈으로 유럽 여행을 갈 생각도 있었다. 이러한 것을 모두 포기하고 미스코리아에 도전을 했는데 눈에 보이는 성과 없이 끝나게 될지는 않을까 하는 두려움이 있었다.

그럼에도 불구하고 하고 싶다면 해야겠다는 생각이 들었다. 모든 것을 정리하고 도전을 했으나 결국 나는 미스코리아에서 진선미를 수상하지 못했다. 많은 것을 가지지는 못했지만 나의 삶에서 많은 것을 던지고 미스코리아에 도전했음에도 수상하지 못했던 것이다.

그런데 조금 신기한 일이 벌어졌다. 수상을 하지 못하는 것이 낭떠러지로 떨어지는 것처럼 무섭고 부끄러운 일이라 생각했는데, 나는 오히려 더 강해졌고 많은 것을 깨닫고 성장했다. 아무것도 없는 것 같던 곳에 더 많은 것이 놓여 있었다.

물론 나는 예정보다 몇 년 더 늦게 대학원을 가게 되었고 유럽 여행은 아직 가지 못했다. 하지만 그 이후 미스 그랜드 코리아 진이 되어서 세계대회에 참가하여 베트남에서 60여 개국의 사람들과 잊지 못할 경험을 가지게 되었고, 방송 촬영과 같은 일을 하게 되었다.

이제는 생각한다. 하고 싶은 게 있다면 실패에 대한 두려움과 그 이후에 오는 일들에 대한 책임도 질 줄 알아야 한다고.

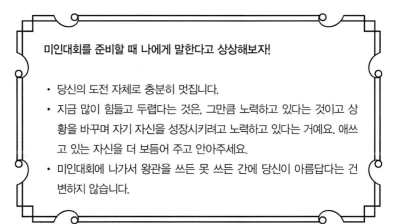

미인대회를 준비할 때 나에게 말한다고 상상해보자!

· 당신의 도전 자체로 충분히 멋집니다.
· 지금 많이 힘들고 두렵다는 것은, 그만큼 노력하고 있다는 것이고 상황을 바꾸며 자기 자신을 성장시키려고 노력하고 있다는 거예요. 애쓰고 있는 자신을 더 보듬어 주고 안아주세요.
· 미인대회에 나가서 왕관을 쓰든 못 쓰든 간에 당신이 아름답다는 건 변하지 않습니다.

미스코리아의 비장의 무기
와일드카드!

박해원

2017 미스코리아 광주전남 와일드카드

나에 대해서

가스레인지에 눌러 붙은 기름때는 여간해선 닦이지 않는다. 세제를 올려두고 시간이 약간 흐른 후 기름때가 불어야, 그제야 닦을 수 있다.

나는 우울하거나 기분이 좋지 않을 땐 청소를 한다. 부엌부터 시작해서 방, 화장실, 옷장에 겨울옷을 꺼내 세탁까지. 온 집 안을 구석구석 청소한다. 그해 여름, 난 여름 내내 집안을 청소했다.

나는 연기가 하고 싶었다. 어린 시절 나는 변덕이 심했고 하고 싶은 것도 하룻밤 자고 일어나면 바뀔 만큼 하고 싶은 것 또한 많았다. 그런 내가 진지하게 장래 희망을 적어 내기란 쉬운 일이 아니었다.

그러던 중 드라마 〈해를 품은 달〉에서 잠엿난 배우를 보았다. 아주 짧게 나왔지만 그분의 연기가 뇌리에 박혔다. 얼마 지나지 않아 〈이웃사람〉이라는 영화에서 그분을 또 보게 되었다. 앞선 작품과는 확연히 다른 캐릭터를 연기하시는 모습을 보고 신기했다.

'같은 사람이 이렇게까지 달라질 수 있구나'

너무 흥미로웠다. 나도 연기를 하면 각양각색의 캐릭터가 되어 여러 삶을 살아 볼 수 있겠구나 싶어 연기를 하고자 했고 진로를 배우로 정하게 되었다.

그렇게 나는 영화과에 입학해 처음으로 연기를 하게 되었다. 입시 때 연기가 너무 하고 싶다고 간절히 빌었던 마음이 생각났다. 기대를 많이 한 만큼 긴장도 컸다. 한 마디, 한 마디의 대사를 여러 번 반복해서 갔고 대사를 마디별로 나누어 연기를 했다. 마치 연기하는 기계 같았다.

촬영이 끝난 후 집에 들어와서 생각했다. 연기란 무엇일까. 정말 큰 회의감이 들었다. 내가 생각하던 것과 현장은 달랐고, 끝이 보이지 않는 터널에 갇혀버린 기분이었다. '처음이 어려운 거다.'라는 생각으로 애써 위로해보았지만 그 상실감은 너무나 컸다. 한 학기가 끝나고 난 휴학을 했다.

그해, 여름 내내 집안을 구석구석 청소하고 또 청소했다. 집안을 깨끗하게 만들어서 내 기분 또한 그렇게 되길 바라는 마음으로.

유기견 봉사부터 요양병원 봉사, 기부 등 내가 누군가에겐 가치 있는 사람이길 바라며 여러 일을 했다. 선의를 베푼 게 아니다. 남을 돕기 위한 마음보단 나를 돕고 싶어서 했다.

"꽃은 금방 피었다가 금세 시들어버린다. 그리고 이듬해 봄 다시 피어난다. 아쉬워하거나 슬퍼할 필요가 없는 것이다. 피는 순간 열심히 예뻐하면 된다."

요양원에서 안마를 하던 중 한 할머니께서 내 푸념을 듣고 해주
신 말이었다.

내가 지금 이렇게 우울하게 있는 것이 얼마나 시간 낭비인건지
를 알게 되었다. 서서히 친구들의 작품을 함께 하면서 연기를 다
시 시작했다. 이전과는 달리 행복했다. 꽃이 피고 지듯이 어느 날
나는 또다시 청소를 하고 있을지도 모른다. 기름때를 불리고 닦
고. 그렇지만 다시 필 거란 걸 알기에 이제는 무섭지 않다.

미스코리아는 수단

"연기자가 되기 위해 미스코리아 대회에 나온 건가요?"

내가 대회를 준비하면서, 그리고 대회 중 가장 많이 들은 질문이
었다. 질문에 대한 대답은 자신 있게 "아니요."다. 난 연기를 좋아
하고 영화를 좋아한다. 그러나 연기는 내가 아닌 각본에 존재하는
인물을 표현하는 것이다. 나는 장점보다 단점을, 좋아하는 것보다
싫어하는 것을, 잘하는 것보다 못하는 것을 더 말하기 쉬워하는
사람이었다.

겸손이 아니다. 정말 어려웠고 정말 알지 못했다. 나는 나에게
굉장히 날카로웠고 나를 향한 잣대를 엄격하게 들이대고 있었다.

쉬는 동안 난 나에게 향하던 엄격한 잣대를 잠시 접어두고 내가
좋아하는 것을 적어보기 시작했다. 좋아하는 음식에서부터 색깔,

아주 사소한 것부터 넓은 것까지. 내 장점도 찾기 시작했다. 그러다가 미스코리아 대회를 알게 된 것이다.

편견이 없었던 것은 아니다. 그리고 그 편견 속에 미스코리아의 외면과 나는 많이 다르다고 생각했다. 그렇지만 난 오똑하진 않지만 작고 둥근 코가 맘에 들었고 두툼한 쌍꺼풀을 가진 큰 눈은 아니지만 은은하고 얇게 쌍꺼풀을 가진 내 눈이 맘에 들었으며 나의 내면이 좋았다.

미스코리아는 누군가의 눈엔 외모를 평가하고 규정짓는 것이라 보일 수도 있다. 나도 처음엔 그랬으니까. 그렇지만 미스코리아 대회를 준비하는 과정은 외적인 면뿐 아니라 내면 또한 강조했다.

누군가는 최고의 내면을 착하고 천사 같은 선함이라 생각했을 것이고, 또 누군가는 강인한 마음이라 생각했을 것이다. 나는 나에 대해서 정확히 아는 것이라 생각했다.

미스코리아는 '나'에 대해서 알아가는 것이다. 나의 생김새는 어떠하고 나는 어떤 사람인지. 누군가와 비교해서 '나는 저 사람보다 더 못났어.'가 아니라 각자의 생김새를 존중하고 나를 표현해 내는 것. 그리고 그 과정에서 드러나는 아름다움을 찾는 것이다.

피상적인 말로 들릴 수도 있을 것이고 생각이 다를 수도 있지만, 나는 미스코리아란 미의 서열화와 규격화가 아닌 각자의 아름다움을 찾아가는 대회라 생각한다.

이와 같은 생각을 바탕으로 난 미스코리아를 준비하면서 내가 모르던 나의 모습과 나를 찾아갈 수 있을 것 같아서 나가야겠다고 마음을 먹었다.

"연기자가 되기 위해 미스코리아 대회에 나온 건가요?"

"아니요. 저는 저에 대해서 알고 싶어서 대회에 나왔습니다. 극중 인물이 아닌 나라는 사람에 대해서 좀 더 알고 싶어서 나왔습니다."

와일드카드

와일드카드란 흔히 스포츠 종목에서 출전 자격이 없지만, 출전을 특별히 허용한 선수나 팀을 말한다. 미스코리아 대회에서도 와일드카드가 존재한다. 각 지역대회에서 진선미 수상자가 아니지만 본선에 진출할 수 있는 상으로 미스코리아 주최 측에서 뽑는 방식이다.

나는 2017년도 미스코리아 광주·전남 지역에 출전했고 와일드카드인 특별상을 수상 후 본선에 진출했다.

정말 떨렸다. 사실 드레스를 입고 무대에서 워킹을 하고 수많은 사람들 앞에서 나를 소개하는 것이 흔한 경험은 아니지 않는가. 뜨거운 조명을 받고 무대에 올라 두근거리는 심장을 최대한 침착하게 만들었다. 반대로 양 볼은 한껏 끌어올려 미소를 지어내면서 실수하지 않고 무사히 끝나기만을 바랐다. 마치 히딩크의 지지 않는 축구 전술 같다고나 할까. 무대에 서 있으면서 든 생각은 '무사히 끝내자.'였다.

빈말로 들릴 수도 있겠지만, 미스코리아 대회에 참가한 것 자체만으로도 나는 용기를 얻었다. 참가하는 것이 뭐가 어렵냐고 생각할 수 있지만, 난 운동하는 것보다 운동을 하러 가기 위해 침대에서 일어나는 게 제일 힘들었고, 시험을 보는 것보다 시험장으로 향하는 그 발걸음이 제일 힘들었다. 도전은 용기가 있지 않으면 할 수 없다. 나도 아직까지 시도도 하지 못하고 끝낸 도전이 수없이 많다. 그런 내가 미스코리아 대회에 참가하고 무대 위에 서 있다니, 정말 얼마나 대단한가. 이것만으로도 난 정말 뿌듯했다.

그렇다고 수상에 대한 꿈을 꾸지 않은 것은 아니었다. 나도 흔히 하는 "아름다운 밤이에요.", "이 영광을 가족에게 돌립니다."와 같은 촌스럽고 뻔한 말을 두 번, 세 번 읊조려 보기도 했다.

"와일드카드 있대요."

누군가의 말 한마디에 대기실은 소란스러웠다.

나를 포함해 이미 진, 선, 미 수상이 물 건너간 후보들이 모두 한껏 들떴다. 동아줄이 새로이 내려온 느낌이었다. 다들 드레스를 갈아입다 말고 기대의 눈을 하고 있었다.

"참가 번호 12번, 와일드카드예요. 나갈 준비하세요."

정말 놀랐다. '십이 번! 십이 번!' 자기소개를 준비하면서 잊어버리지 않으려고 수없이 되새겼던 숫자라 듣자마자 바로 나라는 걸 알 수 있었다.

정말 기뻤다. 이미 한 차례 포기하고 있다가 수상해서 그런지 더욱더 감사하고 기뻤다.

눈물이 흐르고 감격에 손이 떨릴 줄 알았는데 너무 얼떨떨한 상황에서 받아서인지 난 눈물은커녕 미소조차 지어지지 않았다. 하루 종일 너무 미소를 지어서일까. 억지로 볼을 당겨 미소를 지어 보였다. 억울했다. 이 순간 나는 오늘 대회 중 가장 기뻤는데, 그날 찍힌 사진을 보니 하나도 안 기뻐 보였다.

후에 많은 사람들이 진선미가 못되어서 아쉽지 않으냐 물었다.

"차라리 수상하지 못하고 내년에 다시 나왔으면 진선미를 받을 수도 있었을 텐데 아쉽다."라고 말씀하신 분도 계셨다.

당시에 나는 이런 질문을 하는 게 이해가 가지 않았다. 나는 내가 본선에 진출한다는 게 믿기지 않아 얼떨떨했고, 그저 올라간 것만으로도 감사할 따름이라 정말 하나도 아쉽지 않았다.

내년에 다시 나왔어도 당선될지 안 될지는 누구도 모르는 게 아닌가. 그저 나를 누군가가 알아주었구나 하는 생각에 행복했다.

미스코리아? 너희 집에 돈 많아?

"미스코리아 예선 과정."

백종원의 요리법을 검색하면 무수히 많은 블로그의 전문가와 방법이 소개되어 있다. 누구나 접근할 수 있고 누구나 쉽게 따라 해볼 수 있으며 다양한 실패 사례와 성공 사례 등 A부터 Z까지 모든 것을 접할 수 있다.

그러나 미스코리아 대회는 아니었다. 타칭 검색의 신이라고 불리는 내가 아무리 포털 사이트를 뒤지고 검색해도 상세히 나오지 않았다. 대회 영상 정도만 찾을 수 있었는데, 걱정이 많은 나는 지레 겁부터 먹었다.

나라는 사람은 무언가를 시작하기 전에 수없이 시뮬레이션을 돌려본다. 그런 내가, 상상할 수 없게 되어버렸다. 아무것도 모른 채 시작하려니 겁이 났고 자꾸만 도망치고 싶었다.

그러던 중 가온스피치를 알게 되었다. 아나운서와 미인대회 학원이었다. 이런 학원도 있구나 하고 신기해하던 찰나, 마침 장학생 선발대회를 하고 있었다.

지원이나 해보자라는 생각으로 지원을 했고 운이 아주 좋게 장학생으로 선발이 되어 가온스피치와 함께 준비하게 되었다. 포즈나 워킹, 이미지에 맞는 헤어 메이크업 방법 등을 준비했고 자기소개를 준비해오면 자세나 발성 등 기타 부수적인 것들은 많이 배웠다.

모의 테스트도 자주 하고 체형 관리도 도와주어 어렵지 않게 준비할 수 있었다. 혼자서 준비하는 것보다 같이 준비하는 게 더 좋았던 이유는 첫 번째로 대회 과정을 알 수 있다는 것이었다. 대회에 나간 선배들의 말을 들으며 대회는 어떤 식으로 흘러가는지 알게 되어 걱정이 아주 많이 사라졌다.

두 번째로는, 함께이기에 서로 으쌰으쌰! 해가며 힘들 땐 위로해주고 이끌어주고 도와가면서 했기에 중간에 힘든 시간이 찾아와도 금방 이겨낼 수 있었다는 것이다. 경쟁자라고 하면 경쟁자라고 할 수 있겠지만, 같은 반 사람들끼리는 경쟁자이면서도 든든한 서로의 응원자이자 버팀목이었다. 각자 지역이 달라서 서로의 대회 때 응원해주고 같이 울어주고 같이 기뻐했다. 반에서 우리는 마치 서로의 엄마가 된 것 마냥 항상 지켜봐 주었던 것 같다. 이렇게 함께 할 수 있는 사람이 있다는 게 생각보다 더 크게 도움이 되었고 자극제가 되어 열심히 할 수 있었던 것 같다.

나는 학원에서 도움을 받아 준비했지만, 지역 대회를 하면서 만난 친구들 중에는 학원이나 미용실의 도움 없이 오로지 혼자서 준비한 친구도 있었다. 정말 대단했다. 혼자서 여기까지 왔다는 사실이 정말 멋있었다. 친구는 혼자서 피트니스센터에서 운동을 하고 궁금한 것이 생기면 대회 주최 측에 물어보는 식으로 준비를 했다고 한다. 요즈음엔 유튜브가 많이 활성화되어 있으니 자기소개법이나 면접을 유튜브를 통해 시뮬레이션 해보는 것도 좋을 것 같다.

"미스코리아? 그거 돈 엄청 필요한 거 아니야? 너희 집에 돈 많아?"

실제로 내가 들은 말이었다.

사람들에게 알려진 바와 다르게 사실 미스코리아는 수천만 원이나 되는 큰돈을 필요로 하지 않는다. 아니, 그저 교육을 받기 위해 왔다 갔다 하는 차비만 있다면 할 수 있다.

미스코리아 대회는 참가비나, 대회 중에 의상 비용, 메이크업 비용 등 사비가 일체 들어가지 않는다. 지역 대회의 경우 미용실에서 준비하는 사람도 있는데, 그럴 때에는 비용이 들어가겠지만 주최 측에서 그런 걸 원하지 않기도 하고 충분히 제공되는 것만으로도 대회 준비하는 것에는 문제가 없다.

또한 본선의 경우에는 엄격한 관리, 감독 아래에서 제공되는 것만을 사용해 모두 공정하게 대회에 임하기에 사비가 들어갈 일이 전혀 없다.

성형이나 피트니스센터 등 자기 관리에 필요한 돈이 들어갈 수는 있다. 그러나 운동을 제외하고는, 미스코리아 취지를 생각한다면 굳이 성형을 해가며 큰 거금을 들일 필요가 없다고 생각된다.

혹시 돈이 많이 들 것 같아서, 돈이 없어서 도전을 못하고 있는 사람이 있다면 차비만 가지면 된다고 말해주고 싶다.

참신하고 창의적인 대답이 필요해!

질의응답을 연습하는 동안 어렵고 땀이 삐질삐질 나는 질문에 대한 답도 연습을 했다. 그러나 막상 대회에 나가니 정말 뻔한 질문이 주였다.

"왜 미스코리아 대회에 나왔나요?"
"본인이 생각하는 장점이 뭔가요?"
"다른 사람에 비해 특별한 장점이 있나요?"

충분히 예상할 수 있고 정말 기본적인 질문이 사실 대다수다. 하지만 그 질문에 대한 대답마저 뻔해선 안 된다고 생각했다.
'어떻게 하면 기가 막힌 대답을 할 수 있을까?'

'감동을 줄 수 있는 대답을 생각해보자.'

참신하고 창의적인 대답을 해서 나를 기억에 남게 해야 한다고 생각했다. 너무 어려웠다. 질문에 대답하는 게 어려운 게 아니라 참신하게 대답하는 게 정말 어려웠다.

나는 창의적인 사람이 아니다. 그냥 보통 사람으로 센스 있고 창의적인 대답을 하고 싶단 욕망만 가득할 뿐 입이 따라주지 못했다. 그나마도 생각해내면 다행일 정도로, 난 그렇게도 못할 거 같아 나름의 방법을 고안했다.

나의 장점은 밝음이다. 엄청난 대답을 하거나 참신한 대답을 하겠다는 생각보단 나의 장점을 살려 '나에게 질문하는, 나의 자기소개를 듣는 사람들의 기분을 좋게, 행복하게 만들어야지.'라는 게 나의 목표였다.

'그래. 기억에 남지 않아도 좋으니 이 사람들을 나와 대화하는 순간만큼은 기분 좋게 만들어야겠다.'라는 목표를 가지고 자기소개를 준비했고 테이블 면접에 임했다. 결과적으로 엄청난 대답을 하진 못했다. 그냥 평범한 대답이었다. 그렇지만 나와 이야기를 나눈 분들은 모두가 행복한 기운을 받았을 것이라고 확신한다.

대답에 있어 꾸밈없이 솔직히 말하려고 했고, 20~30명을 심사해야 하는 심사위원들이 지쳤을 거 같아 좀 더 밝게, 신나게 대답했다. 머릿속으로 '행복을 받으세요.'를 외쳐댔다. 내 표정에서 자연스레 드러났을 것이고, 그 기운이 좋은 길로 이끌어준 것 같다.

누구에게나 장점은 존재한다. 난 나의 장점이 너무도 흔해 메리

트가 되지 않는다고 생각했다. 뭔가 특별한 나만의 것을 찾으려 애를 썼다. 그렇지만 이 세상에 같은 사람은 단 한 명도 존재하지 않는 것처럼 같은 장점일지라도 그 형태가, 색깔이 다를 것이다. 그러니 장점이 없는 것 같다고 좌절하지도 말고 참신한 대답이 떠오르지 않는다고 실망하지도 않았으면 좋겠다. 각자의 장점을 살려, 특기를 살려 솔직하게 진실되게 준비한다면 분명 전달될 것이다.

아름다움이 있으면 추함이 존재한다

미스코리아를 나가 가장 좋았다고 할 수 있는 건 '나'에 대해서 알았다는 것이다. 획일화된 교육을 받고 주입식 교육을 받으며 정해진 선로를 따라 난 그대로 수용하기만 했다. 그래서 나라는 사람이 어떤 사람인지 제대로 정리가 필요했다.

그런데 대회를 준비하다 보니 내가 어떤 사람인지, 내가 무엇을 좋아하는지, 나의 관심사는 무엇인지에 대해서 생각할 시간이 많아졌고 차근차근 정리할 수 있는 기회가 되었다. 내가 누구인지 알게 되니 자신감이 생겼고 자존감이 높아졌다. 또한 면접에 대한 두려움도 많이 극복할 수 있었다.

나는 연기를 전공하기에 내가 어떻게 해야 화면에 잘 나오는지 아는 게 중요했는데, 그 점에 대해 확실히 알게 되었다. 또한 대회 동안엔 메이크업을 혼자 해야 하기에 메이크업도 많이 배웠는데,

나를 가꾸는 법에 대해 알게 되니 혼자 화장을 잘 할 수 있게 되어 연기를 하는데 있어서 훨씬 편리해졌다.

그리고 가족들이 기뻐하는 게 행복했다. 우리 할머니는 신이 나서 대회가 끝난 당일 화장이 너무 진해 알아보지도 못하는 손녀딸 사진을 수십 장이고 핸드폰 카메라에 담아내셨다. 그 모습을 보니 내심 뿌듯하고 기뻤다.

그러나 빛이 있으면 어둠이 있고 미가 있으면 추가 있는 것처럼 좋은 점만 있는 것은 아니었다. 대회는 경쟁이 필수다. 경쟁이 없는 대회는 존재하지 않는다. 모든 대회는 순위를 정하고 후보들끼리 경쟁한다. 대회에 출전하는 많은 사람이 대부분 20대 초반으로 아직 어린 나이다. 물론 나도 마찬가지였다. 20대 초반은 성인이긴 하지만 아직 많이 어리고 연약하다.

그런 시기에 또래와 모여 한국을 대표하는 사람을 뽑는 경쟁을 하는 게 쉬운 일만은 아니었다. 옛날에 들었던 소문들처럼 후보자들끼리 경쟁심에 의상을 찢어버린다거나 괴롭힌다거나 하는 일은 전혀 없었다. 오히려 더 사이좋게 지내고 서로 함께 하자라는 마음이 더 강했다.

그러나 경쟁이라는 게 존재해 알게 모르게 스트레스를 주었고, 나 또한 그것으로 인해 합숙하는 동안 굉장히 힘들었다. 머리카락도 빠지기 일쑤였으니까. 그래도 극복할 수 있었던 것은 같은 후보자들끼리 먹고 자고 하면서 서로를 알아가고 함께 버티며, 함께 울어주고 응원해주었기 때문이다. 그 덕분에 힘들어도 이겨낼 수 있었던 것 같다.

또 힘들었던 점이 있다면, 와일드카드는 주최 측에서 뽑는 방식이라는 것이다. 그리고 와일드카드가 존재하지 않는 지역도 있어서 가끔 특혜 아닌 특혜, 또는 주최 측과 관련이 있을 것이다 등의 말이 나오기도 한다.

또한 외모나 몸매에 대한 비난이 있을 때도 있다. 나도 그런 말에 마냥 태연하게만 반응했던 것은 아니다. 나이는 어렸고 상처도 받았다. 울기도 많이 울었다. 그렇지만 그런 말이 거짓임을 내가 제일 잘 알았고, 나를 싫어하는 사람들은 내가 어떻게 해도 싫어할 것이다. 나를 좋아하는 사람들에게, 내가 좋아하는 사람들에게 시간과 에너지를 쏟아도 부족한 삶이다. 그런데 왜 나를 싫어하는 사람들 때문에 울어야 하고 속상해야 하는가.

물론 귀를 닫고 살아갈 수는 없다. 백 마디의 칭찬 속에서도 한 마디의 모난 말이 자꾸만 굴러다니며 나를 찌를 것이다. 무시하고 싶어도 자꾸만 찔러 대서 힘들게 하는 말 때문에 나는 메모장에 좋은 말들을 적기 시작했다. 친구들이 해준 좋은 말, 좋은 댓글, 기억하고 싶은 것들. 그것들을 적어두고 속상할 때면 보고 위로를 받곤 했다.

이처럼 힘든 일도 존재했지만 나는 대회에 나간 걸 후회하진 않는다. 이 힘든 일을 겪으면서 얻은 것 또한 대회에 나갔기에 알 수 있었던 것이고, 그렇게 모인 이 힘든 감정들이 분명 후에 나에게 도움이 될 거라 확신하기 때문이다.

대회를 준비하는 모든 사람들에게

수상한 자가 "상은 중요하지 않아요. 대회에 나가는 것만으로도 값진 경험입니다!"라고 말하면 너무나 터무니없는 허허실실한 말이라고 생각한다.

"If not now, then when?"

"이 또한 지나가리라."

대회를 준비하면서, 또 하는 중에도 되새기고 또 되새겼던 말이다.

포기하고 싶던 순간이 문득 찾아올 때가 있다.

'어차피 떨어질 텐데…. 그냥 창피만 당하는 게 아닐까?'라는 생각이 수만 번 찾아온다. 그럴 때 나는 "If not now, then when?"을 떠올렸다. 지금 아니면 언제 하겠는가.

'대회는 내년에도 있고 후년에도 있으니까.'라는 생각에 나가지 않는다면, 내년에 나는 똑같이 생각하고 있을 것이다. 그리고 그 미련이 두고두고 후회로 남아 다른 시작과 도전마저도 힘들어했을 것이다.

"이 또한 지나가리라."는 대개 힘든 일이 생겼을 때 사용하곤 한다. 나는 힘들 때도 떠올렸지만 반대로 상을 받았을 때도 떠올렸다. 영원할 것 같은 이 기쁜 순간도 지나갈 테니까 너무 자만하지도 말고 지금 이 순간 마음껏 기뻐하고 놓아주자는 생각이었다.

자신이 의지할 수 있는 문장이든, 사물이든, 사람이든 간에 무언가 하나쯤 간직하고 있다면 대회를 함에 있어 훨씬 든든할 것이다.

대회가 끝난 지 어느덧 2년여의 시간이 흐른 지금, 난 나의 선택에 후회하지 않는다. 힘들었던 시간도 즐거웠던 시간도 모두 나의 기억 속 한 컷에 자리해 가끔씩 영감을 주며 나타나기도 하고 추억으로 나타나기도 하는 소중한 순간이었다.

해원이의 팁

희망도 길이라 합니다. 길이 없는 산에도 발자국을 내기 시작하면 길이 생기는 것처럼 희망도 마찬가지라고 해요. 자꾸 희망적으로 생각하다 보면 그런 방향으로 길이 생긴다고 합니다. 좋은 생각만 하시고 추억을 만든다 생각하고 즐거운 마음으로 대회에 참가하면 좋겠습니다.

행여 떨어지더라도 상처받지 마세요. 이 대회가 내 삶을 다 알진 못해요. 나의 단편적인 모습만 볼 수밖에 없고, 나의 간절함을 알아주지 못할지도 몰라요. 그렇다고 해서 내가 못난 게 아니에요. 그저 추구하는 색이 나의 색깔과 달랐을 뿐입니다.

대회 준비 중에 먹고 싶은 거 많이 참고, 견디고 여러 힘든 일도 많겠지만 언제 또래 친구들과 드레스 입고 놀아보겠어요. 정말 즐겁게, 솔직하게 임하신다면 결과에 상관없이 좋은 추억을 가지고 가실 수 있을 것입니다. 꽃이 피고 지듯이, 행복한 순간은 사라질 것입니다. 그렇지만 이듬해 봄, 꽃이 다시 피어나는 것처럼 다시 순간은 다가올 거예요. 그 순간을 놓치지 말고 아쉬워하지도 말고 슬퍼하지 말고 마음껏 즐기세요. 그러면 어느덧 열매를 맺게 될 테니까요.

미스코리아의 비타수민!

석수민

2019 미스코리아 서울 선

21살, 꿈을 이루다

뷰티한국과 한국일보 E&B가 주최하는 '2019 미스코리아 서울'에서 2등에 해당하는 '선'에 당선이 되었다. 미스코리아 대회는 한국을 대표하는 미의 사절단을 뽑는 대회로 한국의 가장 대표적인 미인대회라고 할 수 있다. 매해 각 지역의 수많은 미녀가 지원하는 만큼 까다로운 심사를 거쳐 엄선하고 있다. 63년의 전통과 역사를 보유한 미스코리아 대회는 많은 사람이 '믿고 보는 미인대회' 중 하나라고 자부한다. 다른 미인대회가 아닌 미스코리아 대회를 선택한 이유 또한 이러한 인식 때문이다. 또한 울산이 고향인 내가 다른 지역이 아닌 서울 지역에 도전하게 된 계기는 한국의 수도가 서울인 만큼 쟁쟁하고 경쟁력 있는 후보자가 많고 공정하게 진행된다고 들었기 때문이다.

친척 중 미스코리아 대구 지역에 참가한 언니가 있다. 어렸을 때 응원 차 무대를 보러 갔는데 다들 그렇게 예쁘고 빛나 보일 수가 없었고, 그걸 동경했던 기억이 있다. 그때부터 나도 꼭 나 자신을 가꿀 줄 알고 지덕을 갖춘 현명한 여성으로 성장해서 성인이 되면 대회에 출전해야겠다는 다짐을 했다. 성인이 된 후에도 나의 결심은 변함이 없었고 21살에 나의 꿈을 실현할 수 있었다.

간절히 원하면 이루어진다

평소 여자 아이돌 노래에 맞춰 춤추는 것을 좋아해서 특기로 댄스를 선택했다. 내 특유의 통통 튀고 에너지 넘치는 성격을 댄스를 통해 보여줄 수 있었던 것 같다. 전공자가 아니더라도 평소 본인이 잘한다고 자부하는 것을 최선을 다해 어필하는 것이 중요하다고 생각한다. 특히 올해는 퍼포먼스 무대를 선보였는데, 내 장기인 춤 퍼포먼스에 적극적으로 참여해 눈에 띌 수 있었다. 특기 같은 경우 예선 때는 원하는 사람이 자율적으로 선보이는 분위기였고 본선 때는 비주얼 심사 때 자기 PR과 동시에 특기를 선보이도록 했다.

나와 함께한 후보자들은 저마다 다른 특기로 매력 어필을 했다. 준비한 특기는 한국 무용, 성대모사, 노래, 스토리텔링 등 각양각색이었다. 자기 전공을 살려 특기를 선보이는 후보자가 대다수였으나, 전공과 상관없이 아나운싱을 잘하는 후보가 스토리텔링을 한 것이 기억에 남았다. 본인이 가장 잘 선보일 수 있는 특기를 자신감 있게 보여주면 될 것 같다. 전공을 살려서 준비해도 좋고, 내세울 만한 특기가 없더라도 본인이 지닌 끼를 보여줄 만한 무언가를 준비하는 것이 좋다고 생각한다.

자기소개는 말 그대로 자신을 어필할 수 있도록 주어진 시간이다. 짧은 시간 내에 나 자신을 어떻게 사람들의 머릿속에 각인시킬지에 대해 깊게 고민했다. 처음에는 내가 지닌 밝고 긍정적인 에너지를 '인간 비타민'이라는 단어로만 표현하려고 했으나 뭔가 부족하다는 것을 느꼈다. 실질적으로 밝은 에너지를 전할 수 있고 귀에 꽂히는 표현을 찾기 위해 연구했다. 비타민 하면 가장 대표적인 드링크가 '비타500'이라는 음료라는 것이 떠올라서 직접 개사했는데 다행이도 반응이 좋았던 기억이 떠오른다.

'미스코리아' 하면 떠오르는 지, 덕, 체 함양에 많은 노력을 기울였다. 그중에서도 스피치와 몸매 관리에 큰 비중을 두고 준비했다. 본격적인 대회 준비는 가온스피치&퍼스널 브랜딩 아카데미에서 시작했다. 나도 몰랐던 본모습을 알아가고 더 나은 나로 발전할 수 있는 '나를 위한' 커리큘럼을 토대로 준비를 했다. 초반에는 나의 SWOT 분석, 퍼스널 컬러 등의 수업을 통해 나 자신에 대해 분석하는 시간을 가졌고, 이후 이를 바탕으로 스피치, 워킹 연습 등을 하며 출전 준비를 했다. 식단, 몸매 관리가 힘들었지만 나 자신을 컨트롤하기 위해서 약속을 줄이고 가꾸는데 전념했기 때문에 좋은 결과를 얻을 수 있었다.

미스코리아를 준비하는 후보자라면 누구나 마음속에 미스코리아 롤 모델 한 명쯤은 있을 거라는 생각을 한다. 대표적으로 꼽는

김성령, 이하늬, 김사랑 선배 등 모두 존경스러운 선배지만, 내겐 '2018 미스코리아 서울 지역 선'에 당선된 '이윤지 선배'가 롤 모델이었다. 미스코리아에 당선이 된 후, 아나운서로서 아침 뉴스를 진행했는데 선배가 나오는 채널만 찾아볼 정도로 평소 너무 좋아하고 닮고 싶은 분이었다. 한창 준비할 때 윤지 선배로부터 왕관을 물려받는 상상을 자주 하곤 했는데, 그 상상이 실현되었을 때의 감동은 이루 말할 수가 없었다. 특히 서울 본선대회 드레스 피팅을 하기 위해 방문한 숍에서 우연히 마주쳤을 때는 나도 모르게 언니 손을 잡고 언니한테서 왕관을 물려받는 게 꿈이라고 말했을 정도로 간절했던 기억이 난다.

미인대회를 통해 정말 다양한 경험을 할 수 있었고 평생 친구가 될 좋은 사람들을 만났다는 점이 가장 좋은 것 같다. 서울 대회뿐만 아니라 최종 본선에서도 한 달 동안 합숙 생활을 하며 다양한 화보 및 영상 촬영의 기회가 있었고 다 함께 퍼포먼스 무대를 준비하기도 했다. '살면서 누군가와 합심해 하나의 무대를 만들 기회가 얼마나 있을까?'라는 생각이 들어서 열심히 참여했던 기억이 난다. 또한, 대회를 하며 다방면에서 활약 중인 동기들을 만난 것도 큰 행복인 것 같다.

살 빼기 너무 힘들어요

나 같은 경우는 순위에 크게 연연하지 않아서 엄청 힘든 건 없었는데, 경쟁 심리에 사로잡혀 남과 비교하며 힘들어하는 사람들이 많았다. 비교하지 말고 나만의 경쟁력으로 승부를 본다는 마인드로 임했으면 하는 바람이다.

다만 평소 먹는 것을 좋아하는 나에게 가장 힘든 점은 식단 관리였다. 철저한 식단 관리와 운동을 병행하면서 관리를 꾸준히 했는데 그 점이 가장 힘들었던 것 같다.

미스코리아 타이틀이 생겼다는 것뿐, 내 삶이 180도 바뀌거나 크게 달라진 것은 없다. 내면적으로 달라진 점이 있다면 정신적으로 많이 성숙해진 것 같다는 것이다. 미스코리아 합숙을 하면서 인내심을 기를 수 있었고, 도전하는 것을 주저하지 않게 되었다는 점에서 상당히 달라졌다. 20대 청춘인 지금 할 수 있는 것들은 무궁무진하고 두렵다고 도전하지 않으면 발전이 없다는 것을 깨달았기 때문이다.

미스코리아 나가려면 돈이 많이 든다고요?

아카데미 내에서 자체적으로 실시하는 장학생 선발대회에서 전액을 지원받았기 때문에 교육적인 면에서는 단 한 푼도 들지 않았다. 피부 관리, 운동, 마사지 등 개인적으로 관리하는 비용만 들었다. 다른 지역은 개인적으로 미용실을 끼고 나오거나 개인 드레스를 준비할 수 있다고 들었지만, 서울 지역은 신발, 원피스 등은 모두 같은 제품으로 제공하고 드레스, 비키니 같은 경우 100% 추첨을 통해 선발했다. 그러니 비용적인 면은 절대 걱정 안 해도 될 것 같다

나뿐만 아니라 아나운서나 언론인을 희망하는 지원자가 많았다. 물론 스펙 한 줄을 쌓으려고 참가하는 사람도 있고, 아나운서가 되고 싶어서 지원한 사람도 있을 거라고 생각한다. 미스코리아라는 이력이 득이 되었으면 되었지 실이 되지는 않겠지만, 아나운서가 되고 말고를 결정짓지는 않는다고 생각한다. 내게 미스코리아라는 꿈은 직업적인 꿈(아나운서) 이상의 무언가였다. 즉, '아나운서'는 직업적인 장래 희망, '미스코리아'는 인생의 꿈으로 애초에 다른 영역으로 본 것이다.

막연하게 '예쁨'을 인정받고 싶어서 '한번 나가 볼까?'라는 마인드로 참가하는 경우가 많다. 하지만 직접 경험한 미스코리아 대회는 인생에 있어 큰 밑거름이 되어주었고 그 이상의 가치가 있었다. 본인이 미스코리아가 된다면 어떤 일을 하고 싶은지, 어떤 일을 할 수 있는지에 대한 가치관을 분명하게 확립하고 임했으면 좋겠다. 그런 마인드로 임한 사람들만이 당선이 되었고, 이게 내가 줄 수 있는 가장 큰 팁인 것 같다.

항상 마음속에 품고 살아가는 인생의 모토가 있다. '생각하는 대로 살지 않으면 사는 대로 생각하게 된다.'라는 말인데, 이 말을

명심하고 다시 오지 않을 소중한 경험을 쌓기를 바란다.

예비 미스코리아들 파이팅!

도전은 삼세판!

윤민이

현재 방송인
2016년 미스그린 코리아 美 수상
2016년 Face of Beauty International 출전

미인대회와의 깊은 인연, 3판 2승!

2016년 한 해는 그 어떤 해보다 내게 특별한 해다. 미인대회에 출전할지 말지 망설이기만 했던 내가 드디어 도전을 한 해가 바로 2016년이기 때문이다.

먼저 2016년 5월 세종·충북 미스코리아 지역대회에 출전했다. 이 대회를 준비하고 교육을 받는 동안 매일 새로운 경험을 할 수 있었다. 서울에서 청주로 매일 아침 교육을 받기 위해 출퇴근을 한 일, 밤이면 서울에 다시 돌아와 동대문에 가서 그 다음 날 입을 원피스를 구입하러 다니던 일, 내게 더 잘 맞는 메이크업 샵을 찾기 위해 매일 다른 샵을 알아보던 일 등 24시간을 누구보다 알뜰하게 활용했다. 부모님에게조차 비밀로 했던 첫 대회이기 때문에 나 혼자 할 일이 참 많았다.

나 홀로 준비하는 대회였지만 앙큼하게도 나만의 전략이 있었다. 미인대회 교육 기간 중 협찬사를 돌며 사진을 찍고 인사를 다니는 활동이 있다. 그때마다 중간에 서서 조금 더 주목받기, 다른 후보자들이 무채색의 원피스를 입을 때 조금 더 튀는 색상의 원피스 입기, 스피치 수업을 받을 때 손을 들고 먼저 발표하기 등 주목받기 위한 나만의 전략을 세웠다. 타고난 몸치였기 때문에 무대 안무를 익히는 데는 추가적인 연습 시간이 필요했지만, 내 인생에 있어 새로운 도전이었기 때문에 전혀 힘들다고 느끼지 않았다.

그래서일까? '이렇게 노력하면 협찬사 상 정도는 받을 수 있겠지?' 하는 근거 없는 자신감까지 가졌다. 하지만 결과는 무관왕! 발품을 팔며 준비했던 첫 대회에서 아무런 상도 받지 못해 속상하고 허무한 마음은 또 다른 대회를 준비하는 원동력이 됐다.

8월에 개최된 미스 그린 코리아 대회에 출전했고 마침내 미(美)를 수상했다. 한 차례 미인대회를 준비해서인지 처음 대회보다 수월하게 임할 수 있었다. 내게 더 잘 어울리는 드레스도 빠르게 고를 수 있었고, 스피치나 무대 메너도 한결 더 좋아졌다.

미스 그린 코리아 대회는 세계대회에 출전할 수 있는 티켓이 주어지는데 한국대표로서 Face of Beauty International 대회에 출전할 수 있는 기회까지 얻게 됐다.

생각해보면 미인대회와의 연이 꽤 깊었던 것 같다. 근거 없는 자신감이었지만 스스로 믿었던 힘은 또 다른 대회에 도전할 수 있던 원동력이 되었으니 말이다.

몽골에서 "MISS KOREA!"를 외치다

"MISS KOREA!"

몽골에서 미스코리아를 외쳤던 날을 잊을 수 없다. 타지에 가서 한국인을 보면 반갑고, 태극기만 봐도 애국심이 끌어 오르는 그 마음은 무대 위의 날 조금 더 빛나게 해주었다.

평범한 대학생이었던 내가 세계적인 큰 무대에서 "MISS KOREA"를 외치고, 교육 기간 동안에는 팬까지 생겨 사인을 해달라는 몽골 현지인분들을 보며 한국대표라는 이름에 누가 끼치지 않도록 스스로 노력했다.

한 달 동안 80개국에서 온 친구들과 함께 합숙 훈련을 하고 큰 무대에 섰던 경험은 지금의 내가 있을 수 있는 원동력이 됐다.

러시아어를 쓰는 친구와 룸메이트가 됐는데 의사소통이 안 돼 한 달 내내 구글 번역기로 의사소통을 했던 경험도 있다. 각 나라의 후보자 대부분이 나이가 비슷해서인지 우리가 고민하고 생각하는 것들이 비슷해서 더욱 뜻깊은 한 달을 보냈다.

Face of Beauty International 대회에는 이브닝드레스 부문과 수영복 부문, 장기자랑 부문과 전통 의상 부문 등 특별상 부문이 있는데 이브닝드레스와 전통 한복 부문에서 각각 Top10에 들었다.

거창한 이유가 없을 때 특별한 이유가 생긴다

사실 미인대회를 나가게 된 특별한 계기나 거창한 동기는 없었다. 대회에 나갔을 당시에도 이 질문에 대한 답변이 참 어려웠다. 어떤 일을 결정할 때 특별한 이유가 있어야 할 때도 있지만, '하고 싶다'는 마음의 소리를 그대로 따라야 할 때도 있는 법! 미인대회에 나가 왕관을 쓰고 싶다는 마음과 과연 내가 할 수 있을까 하는 두려움의 충돌을 해결하기까지 26년이라는 긴 시간이 걸렸다.

미스코리아 지역 예선 대회를 신청 후에도 대회에 출전해야 하나 말아야 하나 고민이 많았는데, 입소식 당일에 참석해 신체검사를 받고 교육을 시작하고, 대회에 출전하니 그런 생각이 싹 사라졌다. 오히려 인생에 있어 하루하루 소중한 경험이었고 다시 돌아가도 꼭 나갈 의향이 있을 정도로 좋았다.

미인대회에 출전한 뒤로 주변 친구와 후배에게 해주는 말이 있다면 바로 이것이다.

"미인대회를 나가는데 뭔가 거창한 명분과 이유는 필요하지 않다. 오히려 특별한 이유가 없을 때 더욱 특별해진다."

물론 현실적으로 취업을 위해 혹은 이력서에 한 줄을 더 채우기 위해 나가는 친구들도 있고, 인생의 터닝포인트를 만들기 위해, 즐겁고 새로운 경험을 쌓기 위한 것일 수도 있다. 나 또한 단순히 하고 싶다는 생각에 출전했지만, 돌이켜보면 이력서에 쓴 미인대회 출전 경험은 최종 합격을 결정하지는 않아도 면접관과 미인대회 출전 경험을 이야기하며 긴장감을 풀 수 있었다.

미인대회에서 수상을 한다고 원하는 일이 바로 이루어지는 건 아니다. 아나운서와 승무원, 배우 등 특정 직업에 대한 꿈을 가진 친구들이 많이 출전하는 대회이지만, 미인대회 자체가 내 꿈을 이룰 수 있는 수단 그 자체는 아니기 때문에 수상을 해도, 아쉽게 수상을 하지 못하더라도 일희일비하지 않으면 좋겠다.

그럼에도 불구하고 "하고 싶다는 생각이 든다!", "나이 제한에 해당하지 않고 출전하는 데 결격 사유가 없다."라고 생각하면, 한 번쯤은 가능하다고 생각한다면 두 번도 세 번도 꼭 해보라고 말하고 싶다.

'좋아하는 것'과 '잘하는 것'의 차이

남들 앞에서 발표하거나 말하는 것을 두려워하는 편은 아니었다. 다녔던 대학교 특성상 발표나 토론 수업이 많았고, 교직 이수를 하면서 직접 교단에서 수업을 시연하는 일이 많아 스피치에 대해 어느 정도 자신감은 갖고 있었다.

하지만 '좋아하는 것'과 '잘하는 것'은 다르다는 걸 이때 깨달았다. 내가 말하는 걸 좋아한다고 해서 스피치를 잘하는 건 아니라는 것을!

스피치를 잘한다는 건 논리정연하게 말하는 것, 같은 말이라도 조금 더 전달력 있게 하는 것 등 신경 써야 할 일이 한두 가지가 아님을 기억해야 한다. 스피치의 기본은 교내 토론대회에 출전했을 때 지도를 받았던 담당 교수님께 도움을 받았고, 그 이후에는 핸드폰 녹음기를 켜고 스스로 질의응답을 하며 연습했다. 녹음한 대답을 들을 때마다 답변 중에서 빼야 할 말과 넣고 싶은 말을 추가하면서 말이다.

처음에는 내 목소리를 듣는 것도 어색했는데 계속 연습하다 보니 나중에는 스스로 "90점은 줄 수 있겠다."라는 자신감까지 생겼다.

스피치의 기본을 익혀라!

스피치의 기본은 꼭 배워야 한다. 정확히 말하면 호흡하는 방법과 발음하는 것. 발성하는 방법도 이론이 있고 모범답안이 있다. 하지만 더 중요한 것은 그 기본을 배운 뒤에 끊임없는 연습을 해야 한다는 점이다. 복식호흡 하는 법을 배웠다고 해서 그날 당장 복식호흡을 통해 좋은 목소리가 완성되는 건 아닌 것처럼 말이다.

요즘은 꼭 아나운서 아카데미가 아니어도 일반인들을 대상으로 하는 스피치 학원도 있고 미인대회 스피치를 따로 준비하는 학원도 있다. 아카데미에 가서 전문 강사님의 도움을 받아도 되고, 인터넷 강의든 유튜브든 다양한 방법으로 배울 수 있다.

일단 기본을 꼭 배우고, 그다음에는 본인의 절대적인 연습량이 중요하다.

스피치의 종류도 다양하기 때문에 상황에 맞는 스피치를 활용해라

미인대회에는 딱딱한 직선의 말투보다는 곡선의 부드러운 말투가 좀 더 어울린다. 과하게 상냥한 말투를 구사하라는 말이 아니다. 부드럽되 강한 말투를 사용하면 보다 전달력이 높아진다.

뉴스 앵커나 기자처럼 말하는 것보다는 라디오 DJ처럼 기상 캐스터처럼, 교양 프로그램을 진행하는 MC의 톤을 따라 해보는 걸 추천한다. 요즘에는 프로그램을 인터넷을 다시 볼 수도 있고 대본도 쉽게 구할 수 있기 때문에 꼭 대본도 읽어보고 해당 방송을 모니터링 하는 것을 추천한다.

모두가 특별한 인생임을 기억해라!

특별한 자기소개는 나 자신의 이야기로부터 나온다는 걸 기억했으면 좋겠다. 사실 많은 질문 중 가장 어려운 항목이 1분 자기소개, 30초 자기소개라고 해도 과언이 아니다.

요즘은 유튜브나 인스타그램 등 다양한 방법으로 이미 대회에 출전한 후보자들의 자기소개를 볼 수 있다. 그중에서 내가 마음에 드는 걸 따라 해도 좋고 참고를 해도 좋다. 많은 정보를 얻을 수 있는 시대에 사는데 그런 이점을 활용하는 건 현명한 일이기 때문이다.

다만 "미인대회 자기소개는 이런 식으로 하는구나!" 하는 감만 잡는 게 좋다. '작년에 진을 수상한 후보자가 자기소개 첫 부분에 영어 문장을 활용했네? 별명을 넣었네?' 하고 무작정 따라 할 필요는 없다. 그 친구에게 예쁜 옷이 내가 입었을 때도 예쁘다는 보장은 없으니까 말이다.

진솔한 이야기를 예쁜 상자에 담아라!

본인의 이야기를 진술하되 예쁜 상자에 담아 전달하는 게 특별한 자기소개를 하는 첫 번째 방법이다.

'나'라는 사람에 대해 마인드맵을 그려보거나 자신의 가치관이나 인생 목표, 꿈, 비전, 성격의 장단점, 별명 등 정말 자신과 관련된 모든 것을 단어나 문장으로 적는 걸 추천한다. 생각보다 시간이 걸리지만, 대회를 준비하는 동안 나에 대해 많이 연구하고 공부를 해야 한다.

이 작업을 마쳤다면 그중에서 내가 활용하고 싶은 부분을 두 가지 정도 넣는다. 예를 들면 인생의 가치관과 성격의 장단점을 살리고 싶으면 두 가지를 두 문단으로 나눠 구체적으로 작성하면 되고, 봉사활동 경험이나 해외 경력을 어필하고 싶다면 그 두 가지를 핵심적으로 작성하면 된다. 미인대회에 출전하는 친구들 모두 너무 훌륭한 친구들이어서 넣고 싶은 내용이 많겠지만 너무 많이 넣지 않을 것! 두 가지 정도의 주제로 구체적인 사례를 넣는 걸 추천한다.

그 다음 순서는 본인을 가장 잘 나타낼 수 있는 단어를 생각하는 것이다. 이 단계는 대략적인 내용 구성을 마친 뒤 예쁜 상자에 담는 과정이라고 할 수 있다 이 과정을 '키워드 잡기'라고 하는데, 그 키워드가 은유법이어도 좋고 속담 혹은 광고 속 하나의 멘트여도 좋다. 어떤 걸 활용해야 한다는 정답이 없기 때문에 앞 과정에서 본인이 넣은 사례를 통해 생각나는 키워드를 잡는 것이 중요하다.

나의 경우 자기소개 중 한 가지 버전에서 학교 슬로건을 활용했다. '세상을 바꾸는 부드러운 힘'이었는데, 이 문장을 자기소개 앞부분에서 말하고 어떻게 세상을 바꾸고 싶은지에 대해 조금 더 구체적으로 얘기를 했다. 학교를 다니는 4년 내내 빠져 있던 말이라 그런지 입에 딱 달라붙기도 했고 말이다.

자신의 이야기가 모이면 하나의 그림이 완성된다

각자의 이야기가 있을 것이다. 스스로는 평범하다고 생각해도 남이 듣기에는 모두 처음이고 모든 인생이 특별하다. 본인의 인생에서 있었던 일 하나하나를 모두 소중하게 여기고, 각각 별개의 사건처럼 보이는 일들도 되돌아보길 바란다. 퍼즐처럼 하나의 그림이 완성되는 경우가 많으니까!

문제를 잘 읽어라! 질문 속에 정답이 있다. 각 대회의 취지와 성격을 잘 이해하길 바란다.

요즘에는 정말 많은 미인대회가 있다. 물론 미인대회는 후보자들의 지·덕·체를 보는 것이 공통 기준이기는 하지만, 각자 대회에서 추구하는 바가 있다는 걸 잊으면 안 된다.

영어 실력이나 제 2외국어 능력을 높게 평가하는 대회도 있고, 다양한 봉사경험에 초점을 맞추는 대회도 있다. 대회에서 주요 기준으로 두는 점에 맞춰 조금 더 집중한다면 왕관을 쓸 확률이 조금 더 높아질 것이다.

우리가 학교를 다닐 때 공부 잘하는 친구들에게 "시험은 어떻게 하면 잘 봐?"라고 물었을 때 돌아오는 대답인 "문제 속에 답이 있다."라는 말을 미인대회에도 적용하면 된다.

효과적으로 질의응답에 대응하는 법

해를 거듭할수록 미인대회에서 물어보는 질문의 난이도가 높아지고 있다. 이번 2019년도 미스코리아 본선 대회를 관람하러 갔을 때 후보자들이 무대에서 받는 질문을 듣고 깜짝 놀랐던 기억이 난다.

미인대회에서 후보자들이 받는 기본적인 질문은 자기소개, 지원동기, 성격의 장단점, 특기와 취미, 장래 희망, 본인이 진이 된다면 어떤 일을 하고 싶은지, 봉사활동 경험 등 후보자의 과거와 현재 미래에 대한 것이다. 또한 정치, 외교, 사회, 문화 등 시사적인 이슈부터 미인대회를 바라보는 각 이해집단들의 시선에 대한 생각, 그리고 의외의 질문도 나온다.

정리하면 후보자의 자질을 평가하기 위해 후보자 개개인에 대해 알아보기 위한 질문과 후보자들이 타인과 사회를 바라보는 관점에 대해 확인하기 위해 질문한다.

'나'에 대한 질문과 '내'가 어떻게 생각하는 지에 대해 대비하기

질문을 크게 나누면 '나'에 대한 질문과 사회현상에 대한 '내' 생각을 묻는 질문으로 나눌 수 있다. 그래서 답변을 준비할 때도 두 가지 분야로 나누어 준비하는 게 좋다.

스스로 '나'에 대해 궁금해하기

"나에 대한 이해"가 필요하다. 보통 많은 친구들이 예상 질문을 두고 답변을 만드는 경우가 많다. 물론 단시간에 최대 효율을 낼 수 있는 방법이긴 하다. 하지만 이럴 경우 내가 예상하지 못한 질문이 나왔을 때 무척 당황하는 경우를 많이 봤다. 그래서 거꾸로 준비하는 걸 추천한다.

질문을 예상하지 말고, '나'라는 사람에 대해서 정말 깊게 생각해봐야 한다. 내가 기억하는 순간부터 현재까지 내가 겪었던 많은 일을 복기하는 작업이 필요하다. 사람마다 인생의 첫 순간을 기억하는 지점이 한 살 때일 수도 있고 세 살 때일 수도 있다. 사소하게는 유치원에 다닐 때 장기자랑에 나간 일도 좋고 초등학교 때 반장 선거에 나갔던 일도 좋다. 기억이 나는 순간을 글로 적어보고 지금의 내가 만들어진 연결고리를 찾는 게 중요하다.

사람의 성격은 한순간 만들어지지 않기 때문에 과거를 돌아보는 게 중요하다. 이렇게 예전의 일들을 적다 보면 터닝포인트라고 생각하는 지점이나 사건이 있을 것이다. 그럼 "인생의 터닝포인트는 무엇인가요?"라는 질문에 자연스러운 답변이 준비되는 것이다.

누군가에게 잘 보이려는 압박보다는 자랑스러운 나를 알린다는 마음으로 임하기

대회에서 할 답변이라고 하면 뭔가 나를 더 잘 나타내야 할 것 같다는 압박감에 특별한 무언가를 찾으려고 한다. 또, 기-승-전 '미인대회 수상자로서'라는 말로 마무리하는 친구들이 많다.

이럴 때 꼭 해주고 싶은 말이 있는데, 미인대회를 준비한다고 해서 모든 관심사를 미인대회에 둘 필요는 없다. 미인대회는 미인대회대로, 내 인생은 내 인생대로 균형을 맞추는 과정이 필요하다.

미인대회에서의 수상, 출전 경력, 합숙 기간 동안의 추억은 또 다른 도전과 목표를 위한 과정이라는 걸 기억하길 바란다. 그러면 답변도 조금 더 다채롭게 구성할 수 있기 때문이다. 수상이라는 목표에 집중하는 건 좋지만 집착해서는 안 된다. 미인대회와도 적당한 밀고 당기기가 필요하다.

시사적인 이슈는 확실한 정보를 기반으로 준비하기

기본적으로 어떤 이슈인지 제대로 알아야 한다. 대회 기간을 기준으로 한 달 전 이슈, 기간 동안의 사회 문제에 관심을 가져야 한다. 요즘에는 꼭 TV를 시청하지 않아도 유튜브 등을 통해 실시간으로 뉴스를 볼 수 있고, 정리가 잘 된 영상도 있기에 뉴스 기사를 꼼꼼히 읽어보는 걸 추천한다. 사안을 제대로 알아야 나의 생각도 정리가 되니까 말이다. 단, 너무 편향적이고 극단적인 대답, 종교나 정치색을 드러내는 답변은 안 하는 게 좋다.

3판 2승제, 미인대회 도장 깨기

총 세 번의 대회를 출전했다. 먼저 2016년 5월에 개최된 지역 예선 미스코리아 대회를 목표로 2월부터 준비를 했다.

첫째, 체형 교정과 식이조절

진부한 이야기일 수 있지만, 기본적으로 갖춰야 할 부분이라고 생각한다. 수영복 심사가 없어지는 추세이긴 하지만, 드레스든 원피스든 본인이 만들 수 있는 최선의 몸을 만들어야 스스로도 자신감이 생기기 때문이다.

기존에 PT를 받고 있었기 때문에 계속 운동을 이어갔고, 식이조절로 체중감량에 도전했다. 대회 당일까지 약 3개월 정도 관리를 집중적으로 했는데, 몸무게는 비슷했지만 체지방률이 줄고 근육량이 늘어 보다 균형감 있는 몸이 됐다.

정말 마른 체형이 아니라면 대부분의 친구들이 체중감량을 할 것이다. 중간에 다이어트 정체기가 온다고 해도 실망하지 않아야 한다. 대회 당일까지 꾸준히 하면 대회 당일에는 인생에서 가장 멋진 몸매를 가질 수 있을 테니 말이다. 단, 무조건 굶는 것보다는 영양소에 맞게 음식을 챙겨 먹는 걸 추천한다. 단 살을 너무 많이 빼지는 말 것!

워낙 키 큰 친구들이 많이 나오기 때문에 지나친 체중감량은 오히려 왜소하게 보일 수 있다. 169㎝로 동네에서는 꽤 크다는 소리를 들었던 나지만, 대회에 출전하니 상대적으로 키도 작고 왜소한

꼬꼬마였다. 그래서 두 번째 대회와 세계대회에 출전할 때는 지나친 식이조절보다는 근육을 키우려고 노력했고 좀 더 탄탄한 몸을 만들었다. 이처럼 체중조절도 전략이 필요하다.

특히 다이어트를 한다고 무작정 마른 체형만이 좋은 건 아니라는 걸 기억하는 게 좋다. 만약 국내 미인대회를 넘어 세계 미인대회를 준비한다면 체형에서 어떤 점을 부각할 건지 어떤 점을 보완할 것인지 꼼꼼하게 따져봐야 한다.

둘째, '워킹 연습'

대회마다 입는 의상이 조금씩 다르지만 보통 드레스, 수영복, 일반 원피스, 한복을 입는다. 처음 출전한 미스코리아 대회에서는 드레스와 수영복 워킹만 있어서 각각 다른 콘셉트를 잡아 연습했다. 드레스는 추첨을 통해 입기 때문에 벨 라인일지, 홀터넥으로 머메이드라인일지 미리 알 수 없다. 최대한 어려운 드레스를 기준으로 워킹을 연습하는 걸 추천한다.

몸매 선이 그대로 드러나면서도 길이가 뒤로 길어서 넘어지지 않고 라인을 잘 살릴 수 있는 워킹을 연구했다. 유튜브를 통해 모델 워킹 하는 것도 참고하고 전년도 후보자들의 워킹이나 포즈를 보며 참고하는 것도 좋다. 드레스를 입었을 때의 워킹 팁은, 우아하게 걷되 너무 느리게 걸어서 기린처럼 보이지 않는 것이 중요하다는 것이다. 본인이 입는 드레스의 특징을 잘 파악해서 본인과 한몸이 된 것처럼 걷고 포즈를 취하는 것도 또 다른 포인트이다.

콤플렉스를 활용한 수영복 워킹법

수영복 워킹의 경우는 본인의 몸에 대해 하나부터 열까지 연구하는 게 중요하다. 나의 경우에는 목선과 어깨 라인이 강점이고 허리 라인에 자신이 있었지만, 허리가 조금 긴 편이고 종아리가 붙지 않는 O자 다리라는 점에 콤플렉스가 있었다. 대회를 준비하면서 O자 다리 교정을 위한 스트레칭도 열심히 했지만 선천적으로 예쁜 다리를 타고난 친구들을 따라가기엔 한계가 있었다. 그래서 최대한 O자 라인을 숨기기 위해 경쾌하게 좀 더 큰 보폭으로 워킹을 연습했다.

각자 체형은 모두 다르다. 그렇기 때문에 자신의 체형에 맞는 워킹이 중요하다. 매일 본인의 몸을 확인하고 연구하는 게 가장 중요하다.

스피치

자기소개를 1분, 30초 두 가지 버전으로 만들었다. 길게 말할 때도 있지만 짧게 말해야 하는 경우도 있기 때문에 시간을 구분해서 준비했다.

하지만 자기소개를 가장 먼저 만들 필요는 없다. 오히려 본인의 장점과 단점, 취미와 특기, 꿈과 목표 등에 대해서 답변을 정리한 뒤 자기소개를 만들면 조금 더 탄탄한 내용이 구성될 수 있다는 점을 기억하면 좋다.

한국을 대표해 몽골로!

세계대회에 출전해서 좋은 점이라고 한다면 세계 각국의 친구들을 만날 수 있다는 점이다. 대학교 시절 어학연수 경험이 있지만, 80개국에 가까운 나라의 친구들을 한자리에서 만난다는 일 자체가 충분히 값진 경험이었다.

더욱이 '미스코리아 윤민이'라는 이름으로 합숙을 하며 한국을 알리는 일도 의미가 있었다. 물론 '내가 한국을 대표할 수 있을까?'라는 부담감도 있었지만 '한국인의 일원인 나를 보여주자!'라는 생각으로 담담하게 합숙에 임했던 기억이 난다.

세계대회의 또 다른 장점이라고 한다면 새로운 경험을 누구보다 많이 할 수 있다는 것이다. 드레스도 직접 디자인에 참여하고, 한복을 맞추기 위해 발품을 팔았던 일, 한국 무용을 배우기 위해 수업을 듣는 등 준비할 게 꽤 많았는데 지나고 보니 내게 모두 값진 경험이었다. 몸치였던 내가 부채춤을 배우고, 머릿속으로 그려오던 드레스를 직접 입어볼 수 있게 되는 등 누릴 수 있는 게 참 많았다. 일단 목표가 생긴 후 진행을 하니 차츰 준비가 되어갔다.

다만 아쉬운 점이 있다면 외부의 관심과 미인대회 자체에 대한 지원이 부족하다는 것이다. 태국이나 필리핀, 미얀마, 러시아 등 미인대회에 국민 전체가 관심을 가지는 나라도 있고 아닌 곳도 있다. 디렉터라는 이름으로 매니저가 따라오는 나라의 대표도 있고 체계적으로 교육을 받고 준비하는 나라의 친구들이 있었다. 우리나라의 경우 미인대회를 국가적 차원에서 지원하지 않기 때문에 개인이 준비해야 한다. 막상 혼자 준비하는 일이 쉽지는 않기 때문에 이런 점이 다소 아쉽다.

이미 출전한 경험이 있는 선배에게 도움을 받아라!

이미 세계대회에 출전한 선배와 앞으로 출전할 계획이 있는 후보와의 활발한 소통이 필요하다고 생각한다. 실제로 내가 세계대회에 나갈 때도 나보다 한 달 정도 먼저 다른 세계대회에 나간 친구에게 도움을 많이 받았다. 이렇게 서로 돕는 문화가 형성됐으면 좋겠다. 겉에 보이는 것보다 준비해야 할 것이 많고, 주의하거나 조심해야 할 점도 많기 때문이다. 백문이불여일견이라고 세계대회에 출전한 선배의 조언을 바탕으로 자신만의 색깔을 풀어나가면 누구보다 후회 없이 대회를 즐길 수 있을 것이다.

특별한 경험은 견문을 넓힌다

생각의 폭이 넓어진다는 점을 첫 번째로 꼽고 싶다. 나는 한국 나이 26살(만 24세)에 첫 대회에 출전했다. 교육 기간 동안 큰 언니로 통했다. 갓 20살이 된 친구부터 나와 동갑인 친구까지 만날 수 있다.

본인을 포함해서 부모님의 연고지에서도 지역 예선대회에 출전할 수 있기 때문에 지금까지 만나왔던 친구들과는 또 다른 배경을 가진 사람들이 많이 만날 수 있다. 나와 비슷한 생각을 하는 듯하지만 나와는 전혀 다른 생각과 꿈을 가진 친구들을 만날 수 있는데, 역시 사람을 만날 수 있다는 점이 큰 장점이다. 각기 다른 생각과 꿈을 가진 친구들이 모였기 때문에 생각의 폭을 넓힐 수 있었다.

두 번째는 새로운 기회의 문이 열린다는 점이다. 미스코리아대회 교육 기간 동안 '아나운서'라는 꿈을 가졌다. 막연히 나도 말하는 직업을 갖고 싶다 혹은 TV에 나오고 싶다는 생각은 했지만 실천으로 옮기지는 못했다. 하지만 교육 기간 동안 아나운서라는 꿈을 가진 다른 친구들을 보고 준비하는 과정에 대해 조언도 받고 대화를 나누다 보니 자연스레 꿈을 갖게 된 거다. 미인대회 자체가 하나의 목표가 되기도 하지만 또 다른 꿈을 꿀 수 있는 기회가 되기 때문에 미인대회를 더욱 추천한다.

진로에 대해 고민이 많거나 미래에 대한 막연한 두려움이 있고 방황하는 친구들에게 더 추천하는 이유이기도 하다. 혼란스러울 때, 고민이 많을 때 또 다른 생각할 거리를 만들길 바란다.

각자의 성격이나 성향에 따라 더 큰 스트레스로 다가올 수도 있지만, 누군가에게는 새로운 기회의 문이 열릴 수도 있다. 그리고 적당한 스트레스는 스스로 발전할 수 있는 원동력이라고 생각한다.

미인대회란 이야기보따리!

풍부한 에피소드와 이야깃거리가 생긴 점은 미인대회에 출전해서 얻을 수 있는 가장 좋은 점이다. 미스코리아 대회를 준비할 때 매일 아침 서울에서 청주를 출퇴근하며 교육을 받았다. 매일 다른 협찬사를 돌면서 사진을 찍고 워킹 수업과 대회 당일 무대를 위한 안무 수업, 스피치 수업 등을 받았다. 하루 종일 교육을 받고 서울로 다시 올라와서 밤에는 동대문으로 원피스를 사러 돌아다니고, 액세서리도 사러 다녔던 경험이 있다.

정말 하루하루가 새로운 경험이었고, 매일 다른 메이크업 샵에 다니면서 내게 맞는 화장 스타일을 찾게 됐다. 지금까지 경험하지 못했던 일을 통해 친구들에게도, 동생들에게도 말해줄 수 있는 추억거리가 생겼다는 점이 가장 크게 달라진 점이다.

또한 첫 번째 대회에서 품게 된 아나운서라는 꿈을 향해 한 발자국 더 다가갈 수 있는 기회가 생겼다. 두 번째로 출전했던 미스 그린 코리아 대회에서 수상한 그 다음 해에 대회의 MC를 맡기도 했다.

이외에도 아나운서 혹은 리포터 시험을 볼 때도 이야깃거리가 조금 더 생겼다. 미인대회 수상 이력에 대해 질문을 받은 적이 많았는데, 즐거운 기억이라 그런지 긴장을 풀고 답변을 해서 좋은 결과를 냈던 적도 있었다.

다만 꼭 전하고 싶은 말이 있다. 대회에서 위너의 왕관을 썼다고 해서 인생이 확 바뀌지 않는다는 점!

대회에 출전했을 때는 아나운서나 승무원을 꿈꾸는 친구들이 많았다. 물론 이력서에 미인대회 수상 이력이 있으면 어느 정도 도움이 되는 건 맞다. 인사담당자는 아니지만 적어도 수많은 지원자 중에서 눈길이 가긴 할 것이다. 하지만 수상을 했다고 바로 취업이 된다거나 꿈을 이룰 수 있는 게 아니라는 점을 꼭 기억했으면 좋겠다.

또! 대회에 출전하기로 결심한 그 날부터 대회 당일까지는 누구보다 치열하게 준비하고 연습하는 걸 추천한다.

하지만 대회 당일에는 정말 마음껏 즐기는 게 중요하다. 워킹을 실수할 수도 있고, 그날따라 메이크업이 평소보다 예쁘지 않을 수도 있다. 늘 변수는 있으니까 말이다. 하지만 대회 당일 기분을 최상으로 유지하는 것도 하나의 자기 관리임을 잊지 말아야 한다.

대회에 나가서 합숙 교육을 받으며 자존감이 떨어지는 친구들도 많이 봤다. 학교 안에서든 동네에서든 나름 예쁘다는 소리를 들었던 친구들이지만, 대회에 나가보면 나보다 더 우수하고 끼가 넘치는 친구들이 보이기 마련이다. 그때마다 나는 그런 생각을 했다.

'다른 친구들도 나를 보고 그렇게 생각할 거야!'

본인의 자존감을 높이는 게 중요하다. 그러니 대회에서 수상을 못 하더라도 큰 실망은 하지 않길 바란다.

대회를 준비하면서 필요한 비용은?
부자만 나갈 수 있는 대회가 아니다

우선 미스코리아 지역 예선 대회를 준비할 때는 합숙용 원피스 10벌과 목걸이와 귀걸이, 팔찌, 그리고 구도 3켤레를 준비했다. 교육을 위해 출퇴근을 할 때 아침에 메이크업을 매번 받아 대략 250만 원 안쪽으로 들었다.

두 번째 미스 그린 코리아 대회를 준비할 때는 기존에 준비한 의상과 소품이 많아 드레스 대여비와 예선을 준비할 때 메이크업 비용 정도만 들었다. 대략 60만 원 정도 들었다.

물론 세계대회를 준비할 때는 비용이 꽤 든다. 대회 자체에서 지정한 색상의 드레스가 있었기 때문에 총 세 벌의 드레스를 기본적으로 준비해야 했다. 세계대회라는 무대에 걸맞게 하고 싶은 욕심에 드레스 두 벌은 직접 디자인 시안을 그려 디자이너에게 맞췄다. 두 벌에 300만 원 정도에 맞췄고, 이외에도 필요한 드레스들이 많아 인터넷을 통해 2벌 구매해서 100만 원 정도, 또 한 벌은 드레스 쇼에서 50만 원에 장기 렌트를 했다.

전통 의상인 한복과 장구 같은 소품, 머리에 매는 장신구까지 해서 100만 원 정도 들었다. 장기자랑으로 한국무용을 준비했기 때문에 무용 의상과 부채 등 각종 소품으로 150만 원 정도, 이외에도 대회용 수영복과 이외의 의상들과 화장품 등 필요한 소품들을 구매하는데 추가 비용이 들었다.

많은 친구가 미인대회에 출전할 때 또 다른 고민 요소로 '비용'적인 측면을 많이 생각하는 걸 알고 있다. 맞는 말이다. 대회에 따라 비용이 정말 많이 드는 경우도 있고 생각보다 적게 드는 경우도 있다. 감히 '비용과 경비는 생각하지 말고 꼭 나가세요!'라고 말할 순 없지만, 드레스를 제공해주는 대회도 있고 후보자들의 부담을 줄여주기 위해 예선 기본 의상을 흰 티와 청바지 등 기본적인 의상을 요구하는 대회도 있으니 한 번은 GO 하는 걸 추천한다. 정말 관심이 있다면 대학생들이 할 수 있는 아르바이트로도 어느 정도는 비용을 부담할 수 있으니 막연한 두려움을 갖지는 말라고 말해주고 싶다.

※ 민이의 팁!

각 대회의 성격을 확인하세요!

미스코리아 대회, 미스 퀸 코리아 대회, 미스 그린 코리아 대회, 미스 인터콘티넨탈 대회, 월드미스유니버시티 대회 등 많은 종류의 미인대회가 있다. 각 대회의 성격이 다르고, 수상 후 활동할 수 있는 범위도 조금씩 차이가 있다. 이 대회 외에도 춘향 선발대회를 비롯해 각 지역마다 대회가 따로 있다.

기업마다 원하는 인재상이 다르듯 미인대회도 대회마다 원하는 인재상이 조금씩 다르다. 대회의 특징을 잘 파악하고 내가 조금 더 어울리는 대회에 출전하는 것도 수상을 할 수 있는 팁이다. 또 내가 정말 수상하고 싶은 대회에 출전하기 전에 다른 대회에 출전해보는 것도 좋다. 최대한 많은 무대에서, 새로운 공간에서 경험을 쌓는 걸 추천한다.

본인이 가진 강점을 생각하세요!

"얼굴이 강점이야!"라고 생각하는 친구들이 있다면 얼굴 중에서도 어떤 부위가 자신 있는지 조금 더 생각해보길 바란다. 몸매 중에서도 내가 목과 어깨 라인에 자신이 있는지, 허리 라인인지, 다리인지 생각을 해보는 걸 추천한다.
본인에게 맞는 메이크업 샵을 찾는 것도 중요하다. 진하게 하는 메이크업이 어울리는 유형, 자연스럽게 메이크업하는 게 어울리는 유형이 다르기 때문이다. 퍼스널 컬러와 각종 전문 스타일링을 통해 도와줄 수는 있지만 결국 본인에게 잘 어울리는 스타일은 본인이 최종적으로 찾아야 한다.

그리고 기억하세요.

어떤 상황이 닥치더라도 각자 갖고 있는 높은 자존감을 유지해야 한다. 한 명 한 명 모두 다 소중하고 아름답기 때문이다. 쓸데없는 비교로 본인을 깎아내리지 말고 자신감을 갖고 당당하게 임하길 바란다.

왕관을 쓰는 사람들은 미리 정해져 있다고?
분위기가 왕관을 좌우한다!

왕관을 쓰는 친구들은 확실히 다르다. 미리 정해져 있는 건 아닌지 걱정하는 친구들도 있을 것이다. 하지만 왕관은 내 태도에서 결정되는 것이다.

대회 당일 갑자기 유독 더 빛나는 친구들이 있다. 합숙 기간 동안 주목받지 못한 친구라도 그날따라 유독 예쁜 친구들이 있다. 그 친구들이 꼭 상을 받는다. 이유가 무엇일까?

바로 '아우라(분위기)'의 차이다. 내가 오늘의 주인공이라고 생각하는 그 자신감, 무대와 대회 자체를 즐기는 마음이 그 후보자를 왕관 앞에 조금 더 다가가게 하는 요인이라는 점을 꼭 기억해야 한다. 조금 진부한 이야기지만 마지막으로 꼭 말씀드리고 싶다.

끝날 때까지 끝난 게 아니다. 끝까지 최선을 다해야 한다.

하늘을 날던 그녀가
미인대회 무대에 오른 이유는?

이예나

2016 미스 그린 코리아 미

꿈을 향한 또 한 번의 도전

미스 그린 코리아는 친환경 정책을 재조명하고 깨끗한 세상 만들기의 의미를 세계 각국의 참가자들에게 홍보하고 실천하며 미스 그린 코리아 출신들이 주도하는 아름다운 세상 만들기에 앞장서고자 만들어진 대회이다. 대회는 지역 예선, 본선으로 치러진다. 1차는 흰 티, 데님숏 차림으로 자기소개 스피치, 2차는 원피스 복장, 3차는 드레스를 입고 간단한 인터뷰 심사를 한다.

나는 2016년 미스 그린 코리아에 나가서 미를 수상했다.

직장 생활의 매너리즘에 빠질 즈음 20대가 지나기 전에 할 수 있는 일에 도전하고 싶었다. 대학생 때 도전해보지 못한 미인대회에 나가보기로 결심하고 내 나이에 나갈 수 있는 대회를 검색하던 중 미스 그린 코리아를 알게 되어서 29살에 도전하게 되었다.

회사 생활과 병행하면서 준비하느라 스케줄을 맞추는 게 가장 힘들었다. 주변 친구들에게는 거의 알리지 않았고 혼자 준비했기 때문에 나 자신과의 싸움이었지만, 과정 자체를 즐기며 마지막이란 마음으로 최선을 다했다.

대학교 4학년 졸업반 시절, 운이 좋게 졸업 전에 바로 취직을 하게 되었다. 열심히 직장 생활을 했지만 여전히 하고 싶은 일이 너무 많았다. 원래 꿈이 방송인이어서 20대가 지나기 전에 마지막으로 꿈을 위해 도전해보고자 미인대회에 출전하게 되었다.

그래도 안정된 직장을 버리기 힘들어서 계속 회사 생활을 했다. 미인대회 출신이라고 해서 일이 갑자기 바로 들어오지 않는다. 끊임없이 자기계발을 하고 캐릭터를 만들어나가고 끊임없이 나를 홍보해야 한다.

운동은 나의 힘

키가 크고 마른 체형이어서 체중 감량보다는 탄력 있고 균형 잡힌 몸을 만들기 위해 웨이트, 필라테스, 요가를 한다. 시간이 없을 때는 집에서 스트레칭과 홈 트레이닝을 하며 몸과 마음의 밸런스를 찾기 위해 노력한다.

상체에 비해 하체가 통통하고 잘 붓는 체질이라 상체는 어깨 운동 위주로 근력 운동을 하고, 하체는 스트레칭과 근력 운동을 같이 하려고 한다. 틈틈이 발바닥과 종아리를 풀어주고 반신욕을 즐긴다.

매일 아침 공복 체중을 체크한다. 숫자에 연연하지는 않지만, 적정 체중을 유지하기 위해서이다. 과식을 했을 때는 12시간 이상 공복을 유지하고, 디톡스 주스와 클린 식단으로 몸을 가볍게 하는 편이다.

식단은 최대한 저염식과 한식, 집밥을 먹으려고 한다. 국물은 가급적으로 많이 먹지 않는다. 섬유질이 많은 야채를 식사 때 꼭 함께 먹고, 단백질 식단을 꼭 챙겨 먹으려고 노력한다.

빵이랑 아이스크림을 정말 좋아하는데, 되도록이면 밀가루와 당분이 적은 빵을 찾아 먹고 칼로리가 낮은 디저트를 직접 만들어 먹는다. 중요한 날이 있으면 디데이를 정해서 식단 조절을 하는 편이고, 평소에는 스트레스받지 않고 맛있는 음식을 먹으며 많이 움직이려고 한다.

미인대회에도 반장이 있다?

2박 3일간의 합숙 평가 동안 나는 반장을 맡았는데 동기들을 챙기면서 대회 준비에 신경 쓰다 보니 쉽지는 않았다. 워낙 성격과 개성이 강한 참가자들이 모여 있기 때문에 보이지 않는 시기, 질투와 경쟁이 있다. 나는 최대한 다른 참가자들이 불편하지 않게 배려했고, 보이지 않는 곳에서도 모범이 되려고 노력했다. 특히 기본적인 인사를 잘하고 바른 언어 습관과 행동을 유지했다.

또 시간 약속을 잘 지키는 것이 중요하다. 조금 더 자고 싶고, 예쁘게 꾸미고 싶은 마음은 모두 같다. 단체 생활의 기본은 약속이라고 생각해서 잘 지키려고 노력했고 모든 프로그램에 적극적으로 참여하는 모습을 어필했다.

대회에 나가기 전 먼저 인터넷으로 대회 관련 정보와 기사, 지난 수상자 등을 모두 검색했다. 그래도 부족한 정보가 많아서 학원의 원데이 클래스를 수강했다. 워킹, 자기소개, 스피치, 의상 준비, 대회와 관련된 많은 정보를 얻었다.

필요한 의상은 지정 드레스 샵과 고속버스터미널 지하상가 등에서 구입했다. 원피스, 청바지, 하이힐 구입비용 15만 원 내외, 드레스 대여비 25만 원 내외, 원데이 클래스 수강료 10만 원까지 모두 포함해도 준비 비용은 50만 원 미만이었다.

조금은 달라진 일상

나의 생활 중 크게 달라진 것은 없었지만, 스스로 자신감이 많이 생겼다. 짧은 시간 미인대회를 준비했지만 새로운 것에 도전하면서 삶의 활력을 찾았고, 좋은 결과까지 얻으면서 도전에 따른 성취감과 자신감을 찾을 수 있었다.

아무래도 수상에 대한 욕심이 생기기 때문에 준비하는 과정에서 스트레스를 많이 받게 된다. 다른 참가자들과 비교하면서 나의 장점보다는 단점을 찾게 되고 위축되는 경우도 생기는 것 같다. 또 의상이나 메이크업, 특기, 스피치 등 심사 기준이 주관적인 요소가 많기 때문에 어떤 것이 베스트인지 고민하는 과정이 참 힘든 것 같다.

하지만 미인대회는 나 스스로에 대해 많이 생각해 볼 수 있는 계기가 된다. 내가 어떤 사람인지, 나의 언어 습관은 어떤지, 나는 어떤 매력을 가진 사람인지, 나는 뭘 잘하는지, 뭘 좋아하는지, 사람들은 나를 어떤 사람이라고 말하는지, 내 신체의 어떤 부분이 가장 아름다운지 등 나 자신에 대해 끊임없이 연구하고 생각해 볼 수 있는 좋은 시간이다. 또 대회를 준비하면서 알게 된 친구들, 관계자분들과 좋은 인연을 맺을 수 있고, 사회생활을 하면서 서로 도움을 많이 준다는 것도 장점이다.

수상 이후 미인대회에서 종종 심사도 맡고 있다. 나는 사람의 아우라를 많이 본다. 무대에서 처음 걸어 나오는 모습만 봐도 그 사람의 매력을 알 수 있다. 워킹, 시선 처리, 표정, 무대 매너에서 뿜어져 나오는 매력과 자신감이 중요한 것 같다.

그리고 스피치를 했을 때 귀에 쏙 들어오는 목소리와 내용이라면 한 번 더 눈길이 가게 된다. 이런 점을 고려해서 중점적으로 준비를 하면 도움이 될 것이다.

항공사 면접 준비도 미인대회 준비와 비슷한 점이 많다. 물론 면접의 목적과 스타일은 다르지만 많은 사람 앞에서 자신을 드러내고 어필하는 점이 도움이 많이 된다고 생각한다. 미인대회에서 좋은 성적을 냈다고 해서 바로 원하는 항공사에 취업할 수 있는 건 아니지만, 미인대회 준비는 나에 대해 많이 생각하고 연구할 수 있는 시간이기 때문에 가능하면 대회를 경험해보기를 추천한다.

요즘 미인대회가 다양해지고 많아졌지만 사회적 인식은 아직도 부정적인 부분이 많다. 나도 대학생 때는 '성 상품화'라고 생각해서 미인대회에 출전하지 않았는데, 어떠한 것도 스스로 직접 경험하고 판단하지 않으면 의미가 없다고 생각한다.

본인이 아나운서, 승무원, 방송인 등 다른 사람 앞에서 자신을 드러내고 싶은 꿈을 가지고 있다면, 한 살이라도 어릴 때 꼭 미인대회를 준비해봤으면 좋겠다. 결과에 상관없이 분명 그 과정에서 많은 배움을 얻을 수 있을 것이다.

어머니의 대를 이어 받은 미스코리아

이효림

2018 미스코리아 강원 선

존경하는 어머니를 따라 나간 미스코리아

2018년에 영월에서 개최한 2018 미스 강원 선발대회에 나갔다. 지역 대회마다 합숙 기간은 다 다른데 강원 지역은 2박 3일이었다. 합숙소 안에서 스피치 교육, 워킹 교육을 받고 무대를 위한 장기자랑 준비도 이뤄진다.

지역대회마다 중요시하는 부분이 있는데, 강원 대회는 스피치를 제일 중요하게 봤다. 대회 전날 사전 심사가 이뤄지는데 여러 분야의 심사위원이 모인다. 사전 심사가 제일 중요하다. 사전 심사로 진·선·미가 가려진다는 말도 있다.

간단한 자기소개가 끝이 나면 심사위원들과 질의응답 하는 시간을 가진다. 심사위원들은 강도 높은 질문을 하고 후보자들이 이 질문에 어떻게 답변하는지를 보고 심사를 한다. 솔직히 스피치도 중요하지만 여러 방면 다 보는 것 같다.

대회 날 진·선·미 각 1명 특별상 6명 정도가 정해진다. 이것도 지역마다 다르다. 나는 '선'에 입상하게 되었고, 또 강원 이래로 처음 와일드카드가 나와 총 4명이 본선 진출을 하게 되었다.

각 지역의 진·선·미&와일드카드를 수상한 후보자들은 본선 진출을 하는데, 합숙소 안에서 몇 번의 서바이벌을 거친 후 최종 30인 안에 들어 본선 무대에 올랐다.

내가 미스코리아 대회에 나간 건 어머니의 영향이었다. 어머니가 94년도 미스 강원 미를 수상하셨는데, 어머니의 대회 수상 사진이 집에 크게 붙어 있다. 화려한 드레스와 스타일링이 어린 나에게 너무 멋있어 보였고 언젠가는 어머니의 대를 이어 대회에 나가겠다고 결심했다. 나이가 들어도 항상 우아한 제스처와 말투를 쓰시고 모든 면을 관리하시는 모습이 존경스러웠고 저런 여성이 되자 마음먹었다.

어렸을 때부터의 치열한 입시 전쟁을 거쳐 미술 대학에 입학하고 대학에서도 과제 더미가 나를 너무 지치게 했고 반복되는 일상이 너무 지루했다. 학생으로서의 목표였던 대학 입시를 이루고 나니 나도 모르게 허무한 감정이 들었다. 목표가 사라지니 매일 반복되는 일상이 이어졌고, 하루하루가 의미 없다고 생각했다. 터닝 포인트가 필요하다고 강하게 느꼈다. 그래서 다른 목표를 세우자 다짐했고 어렸을 때부터 꿈이었던 미스코리아에 도전하게 되었다.

다른 가정과는 다르게 어머니의 미스코리아 사진이 크게 붙어 있었는데, 매일 보다 보니 나도 모르게 저런 멋있는 사람이 되자고 생각해 온 것 같다. 또한 우아함과 내적·외적 아름다움을 꾸준히 유지하시는 어머니가 정말 존경스러웠고, 시간이 많이 지났음에도 아직까지 미스코리아 타이틀에 대한 책임감과 자부심을 가지고 계시기 때문에 가능한 것이라고 생각했다.

어머니가 미스코리아였다는 것을 주변에 많은 사람이 알고 있기 때문에 만날 때마다 언제 미스코리아 나가냐는 질문을 많이 받았다. 어머니도 주변 사람들도 나에 대한 기대가 컸다.

또 어머니가 출전하신 해가 1994년, 한국 방문의 해라 합숙하면서 해외 공연까지 다니느라 매우 힘드셨다고 한다. 부채춤 같은 한국 전통을 알릴 수 있는 공연을 준비하느라 혼나고 울면서 새벽 1시 넘어서까지 연습하시고 합격해야 잠자리에 들 수 있다고 하셨다. LA, 뉴욕, 워싱턴 멕시코 칸쿤까지 가는 해외 공연이 너무 너무 힘들었지만 너무 뜻깊고 재밌으셨다고 하셨다. 배 안에서 뉴욕 자유의 여신상을 보며 파티도 하고 좋은 음식도 받고 한국을 알리며 많은 선물도 받는 등 잊을 수 없는 최고의 시간을 보내셨다고 말씀해 주셨다.

또한 합숙 기간과 준비 기간 동안은 분명 힘들겠지만 버텨내면 나에게 정말 잊을 수 없는 좋은 추억으로 남을 거라고 말해주셨다. 너의 청춘을 그 대회에 담아보라 하시며 최선을 다하고 후회 없이 무대를 내려오라 하신 말이 너무 가슴에 와닿았다.

나만의 스타일 만들기

최종 대회에선 직접 스타일링을 한다. 후보들 모두 자신에게 어울리는 스타일을 많이 했다. 다른 후보자들에 비해 나는 얼굴이 이국적이고 선이 굵은 편이었다. 요즘 미스코리아 스타일링은 예전과 많이 다르다.

예전의 미스코리아는 풍성하고 화려한 컬이 들어간 일명 사자 머리라고 부르는 헤어스타일과 짙은 아이&립, 컨투어가 특징이었다면, 최근의 미스코리아는 자신의 개성에 맞는 스타일, 자유로운 스타일링이 가능하다.

나는 워낙 강한 이미지였고 얼굴과 몸매가 이국적인 편이라 강한 색조를 넣은 스타일링을 했다. 헤어도 굵은 컬이 들어간 스타일링을 했고 짙은 눈 화장과 붉은 레드 립스틱을 발랐다. 강렬한 이미지를 더욱 강렬하게 만드는 게 내 계획이었다. 다른 후보자들과 차별화를 둔 것이었다.

난 워낙에 내가 원하는 스타일링이 확고해서 스타일링에서 시행착오는 다행이 없었다. 다행인 건지 블랙 드레스를 입게 되어서 내가 원한 '강렬한' 이미지를 더 돋보이게 할 수 있었다. 혼자 헤어 메이크업을 곧잘 하는 편이었기에 내가 원하는 대로 슥슥 했는데 헤어 메이크업 선생님들께서도 "야야, 혼자 잘하네. 뭐가 너한테 잘 어울리는 걸 알아. 안 도와줘도 괜찮지?" 하시곤 했다.

대회 당일에 리허설을 하면서 스타일링을 조금씩 바꿨다. 수영복 퍼레이드 땐 앞에 강풍기도 있었고 시원시원한 느낌을 주기 위해 헤어 컬을 더 강하게 풍성하게 말아서 풀었고, 드레스 퍼레이드 때는 드레스 특성상 등이 포인트라 포니테일을 했다. 훨씬 고급스럽고 깔끔해 보였다. 이렇게 상황에 맞게 스타일링을 조금씩 바꿔 가는 것도 좋다. 한 번에 두 매력을 보여줄 수 있는 거다.

메이크업 연습을 하기 위해선 우선 화보나 영상을 많이 찾아봐야 한다. 뷰티 크리에이터들의 영상을 많이 보고 따라 해보는 게 좋다. 기초 제품부터 마무리까지 꼼꼼하게 설명해주기 때문에 제품 선정에도 좋을 것이다. 개인적으로 메이크업을 잘한다는 것은 자신의 얼굴이나 분위기에 잘 어울리는 메이크업을 하는 것이라고 생각한다. 귀여운 이미지에 강한 화장을 하면 어색한 것처럼, 맞는 분위기에 그에 맞는 메이크업을 해야 한다.

또 도구도 무시 못 한다. 흔히 '장비빨'이라고 하는 것처럼, 메이크업을 할 때 부위별로 맞는 브러시 툴이 있다. 이것 또한 사용법은 인터넷에 많이 나와 있으니 참고해 보는 게 좋다.

차근차근 단계별로 준비

미스 강원은 스피치를 많이 본다. 그렇기 때문에 스피치 학원을 다녔다. 평소 말을 조리 있게 하는 편이 아니었기 때문에 나한테는 꼭 필요했다. 말하는 속도도 빠른 편이었고 많은 사람 앞에서 내 이야기를 한다는 것 자체가 어색했다.

나한테 제일 어려웠던 것은 질의응답이었다. 심사위원들이 어떤 질문을 할지 모르기 때문에 미리 질문을 정리해보고 답변을 해보는 연습을 하는 것이 좋다. 갑자기 생각지도 못했던 질문을 받으면 항상 말문이 막혀 제대로 얘기조차 못했던 나였기 때문에 시작부터 겁을 먹었다.

심사위원들은 우리가 생각지도 못한 질문을 많이 하기 때문에 트레이닝은 필수이다. 하지만 수업을 들으면서 많은 것이 개선이 되었다. 내 얘기도 편하게 할 수 있게 되었고 갑작스러운 질문에도 조리 있게 얘기할 수 있게 되었다.

스피치 학원 특성상 미인대회 준비생이 많기 때문에 스피치 이외에도 메이크업 교육, 워킹 교육, 자세 교정, 운동 등 많은 것을 배울 수 있었다.

운동은 평소에 좋아하고 꾸준히 해왔기 때문에 어려움은 없었다. 하지만 체중 감량은 조금 했다. 워킹 연습을 꾸준히 했고 메이크업 샵에 가서 직접 보고 듣는 수업도 했다. 덕분에 지역 합숙, 본선 합숙 때 워킹 시간에도 어려움 없이 자신 있게 할 수 있었다.

다만, 강원 지역은 헤어 메이크업과 드레스를 모두 개인이 준비해야 해서 어려움이 있었다. 헤어 메이크업은 혼자 잘 하는 편이었기 때문에 출장 미용을 부르진 않았다. 자신이 충분히 할 수 있다면 혼자 하는 것이 좋다고 생각한다. 금전적인 부분도 절약되지만, 본선 올라가면 어차피 혼자 해야 하기 때문이다.

가족에게 선물한 왕관

미스 강원 선으로 당선되자 특히나 어머니가 제일 좋아하셨다. 강원 대회 측에서 티아라를 빌려줬는데 어머니가 써보시고는 너무 행복해 하셨다. 그토록 원했던 딸의 수상이었기 때문에 감정이 북받친 거 같았다. 이후에 사람들한테도 자랑스럽게 나를 얘기하고 다니시는데 뿌듯했다. 집에 가면 어머니의 트로피와 내 트로피가 나란히 서 있다. 감회가 새로웠다.

아직도 생각이 나는 것은 강원 대회 때 우리 가족이 맨 앞자리에 앉았는데 미스 강원 선으로 호명되자마자 아버지와 언니가 눈물을 닦는 장면이다. 덩달아 나도 눈물이 났고 너무 기뻤다. 나오길 정말 잘했다는 생각이 들었다.

아버지와 어머니가 처음 만난 곳이 미스 강원 대회라고 들었다. 그래서 무대 위에 서 있는 나를 보며 아버지가 왜 눈물을 흘렸는지 알 수 있었다.

나는 인생에 터닝포인트가 필요했다. 여러 가지를 배우면서 나 자신이 몇 단계 성장했다는 것을 느꼈다. 부족했던 부분을 채우고 내 장점을 극대화했다. 자존감이 정말 낮았는데 대회에 나가면서 내 자존감을 높이려고, 나 자신을 더 사랑하도록 노력했다.

이 대회는 나 자신이 최고라 생각해야 버틸 수 있는 대회이다. 합숙하면서 내가 키가 작은 편이라는 것을 알게 되었고 잘할 수 있을까 걱정을 많이 했다. 하지만 여기까지 힘들게 올라온 거 최선을 다하자는 생각을 했고 '그래, 키가 조금 작으면 어때? 키 말고 다른 부분으로 더 튀어 보이자.' 하는 생각을 했다. 항상 '내가 최고야!' 하면서 버텼고 무대 위에서 후회 없이 즐겼다. 나는 나를 사랑하는 법을 이 대회를 통해 알게 되었다.

다른 좋은 점도 있었다. 좋은 동기들을 얻었다는 것. 합숙하는 3주 동안 서로 다독이면서 많은 정이 들었다. 합숙이 끝나고 동기들과 놀러도 가고 거의 맨날 만난 것 같다. 마음이 맞는 친구들도 정말 많았고 뭉치기도 잘 뭉쳤다.

처음 미인대회에 대해 들었을 때 경쟁에 살벌하다는 소리를 듣고 겁부터 먹었지만 그렇지도 않다는 것을 우리 동기들을 보고 느꼈다. 동기들이 이 대회에 나오길 잘했다고 생각한 어쩌면 가장 큰 이유 아닐까 싶다.

합숙할 때는 많이 힘들기도 했다. 감시 속에서 정해진 시간대로 움직이고 무언가를 해야 했고, 서바이벌이라는 압박감이 나를 너무 힘들게 했다. 처음엔 다른 동기들이 더 예뻐 보이고 나보다 낫다는 생각을 했다. 하지만 금방 이겨 낼 수 있다. 누구든 그 안에서는 다 그럴 테니까. 내가 조금 더 연습하고 노력하면 된다.

또 내가 제일 힘들었던 것은 체중 관리였다. 먹는 대로 살이 찌는 몸이기 때문에 남들보다 조금 먹어야 했고, 누구보다 많이 운동을 해야 했다. 합숙소의 밥이 너무 맛있어서 많이 먹고 싶었지만 후회하고 싶지 않아서 참았다. 운동 시간도 아침 요가 시간밖에 없어서 운동도 제대로 못해 취침 시간에 불 끄고 몰래 해야 했다. 다른 마른 후보생들은 많이 먹어도 살이 안 찌는 것 같아서 너무 부러웠고 서러웠다.

본선 합숙을 들어가면 경호팀, 진행팀과 같이 합숙을 한다. 엄한 분위기에서 합숙이 이뤄지고 합숙 태도도 심사에 반영되는데 진행팀과 경호팀이 준비물이나 시간 등 잘 지키는지 체크를 한다. 하루가 끝날 때 저녁 점호를 하는데 합숙 막바지쯤엔 더욱 엄격하게 체크하고 혼을 많이 내셨다. 무대 위에 올라갈 때까지 긴장을 놓지 말라고. 혹여나 큰 사고를 당하거나 실수를 할까봐 걱정돼서 그렇다.

한 번은 그 날 하루 동안 체크자가 생긴다면 연대 책임을 물으시겠다 하셨고, 어김없이 체크자가 나왔다. 그래서 저녁 점호 때 일렬로 서서 혼나고 잠시 반성하고 있는 그 조용한 타이밍에 누군가가 방귀를 꼈다. 무서운 상황에 너무 웃겨서 다들 웃음을 참으려고 노력했지만 웃음이 나오는 걸 어쩐진 못했다. 혼을 내시던 경호 실장님께서도 웃음을 참지 못하시고 "누가…! 누가 방귀를…!" 이러셨고 그 말에 웃음을 참던 후보생들과 관계자분들의 웃음이 다 터지고 말았다.

"여기서 소리가 들렸다.", "우리는 아니다.", "냄새가 안 난다." 등 아수라장이 되어버렸고 범인은 합숙이 끝날 때까지 알 수 없었다.

나중에 아주 나중에 알게 되었지만… 누군지는 비밀!

대에 대를 잇는 미스코리아

미스 강원을 준비하는데 비용이 300만 원이 채 안 들었다. 스피치 학원 수강료와 드레스 대여비가 전부였다. 강원 지역은 헤어 메이크업과 드레스를 모두 개인이 준비해야 했지만, 헤어 메이크업은 내가 해서 따로 돈을 지불한 것은 없었다. 지역마다 다르기 때문에 협찬이 들어가는지 안 들어가는지 확인을 해봐야 한다.

나는 만약 딸이 태어난다면 꼭 미스코리아 대회를 추천할 것이다. 솔직히 대를 이어가고 싶다. 어머니도 원하신다.

이 대회가 나에게 많은 것을 깨닫게 해줬고 나 자신을 많이 돌아보는 계기가 되었다. 합숙소 안에서 이 대회가 끝나면 무엇을 할 것이며 어떻게 나아가야 할지 노트에 적으면서 계속 생각했다. 대학 입시만이 목표였고 대학 들어가서 뚜렷한 목표 없이 무의미한 하루하루를 보냈다. 하지만 다른 목표가 생기고 많이 도전하게 되었다.

내 딸이 생긴다면 이런 경험을 토대로 많이 배우고 더 가치 있고 나은 삶을 살았으면 좋겠다.

미인대회에 지원한다면 자신이 최고라는 것을 절대 잊지 말아야 한다. 저 마인드가 잡히지 않는다면 처음부터 쉽지 않을 것이다. 대회를 나가게 되면 나도 모르게 위축이 되는데 얼른 빠져나와야 한다.

꾸준한 자기 관리는 필수이다. 준비하는 기간 동안 열심히 자기 관리를 해야 끝나고도 후회가 없다. 꾸준한 운동과 자신에게 맞는 식단을 짜서 최상의 몸 컨디션을 만들어야 한다. 합숙에 들어가면 운동할 시간이 없다.

합숙에 들어가게 되면 경쟁도 중요하지만 최대한 즐기려고 노력하라. 지금 이 순간은 다시 돌아오지 않는다. 내가 대회 끝나고 제일 듣기 좋았던 말은 '이 대회를 정말 즐기는 것 같아서 더 예뻐 보였다.'라는 말이었다. 힘들어도 웃으면서 긍정적으로 생각하려 노력하는 것이 좋다. 준비하는 과정이 많이 힘들겠지만 조금만 견디면 나의 삶의 질이 달라질 것이다.

미인대회 4관왕
파리 패션위크를 물들이다

임아로

2019 미스코리아 전남제주 진
2018 미스 인터콘티넨탈 세미 위너
2018 미스 인터콘티넨탈 수도권대회 위너
2018 미스 아시아 어워즈 3위

미인대회 4관왕! 첫 도전은 서류 탈락

나의 첫 대회는 미인대회 4관왕이라는 타이틀과는 멀고도 먼 예선 탈락이었다. 아니, 사실 미스 춘향 선발대회의 서류 탈락이 먼저였다. 처음 대회를 나가겠다는 생각을 한 것은 고등학교 2학년 때였다. 전라도 지역에서 살던 나에게 미스 춘향은 쉽게 접할 수 있는 대회였고, 어렵지 않을 거라는 어린 패기와 도전 정신으로 아무 준비 없이 도전장을 내밀었다.

지금 생각하면 정말 맨땅에 헤딩을 한다는 말이 어울릴 법한 근거 없는 자신감만 가지고 한 도전이었다. 어린 나이에 큰 좌절감을 맛보게 되었다. 하지만 좌절감도 잠시, 끼가 넘치고 남들 앞에서 이야기하는 걸 좋아했던 나는 뮤지컬 연기 전공으로 대학에 입학했다. 대학생활도 즐거웠지만 고등학교 때의 아쉬움에 계속 나를 맴돌았다.

대학교에 올라온 후에 주변 사람들에게 서구적이라거나 혼혈 같다는 이야기를 많이 들었고, 그 결과 세계대회를 나가겠다는 생각으로 학원을 찾아가게 되었다. 학원에서는 미스코리아를 강력히 추천했지만, 나는 나의 생각을 믿었다. 내 마음은 이미 세계대회에 나가 있었다. 대회 날짜가 얼마 남지 않았고, 나는 서류 심사를 통과한 후에 예심을 보았다. 춘향 때보다는 나아진 결과였고, 굉장히 설렜던 기억이 난다.

본선 발표 당시 한 10번은 내 이름을 쳐봤던 것 같다. 하지만 내 이름은 없었다. 그리고 나는 그 날 이후 잠시 세상을 등지고 동굴 속으로 숨었다. 하지만 동굴 속에서 아무것도 하지 않은 것은 아니었다. 시간이 지날수록 나라는 사람이 어떤 사람이고 내 매력은 정확히 뭔지 스스로 더 파악할 수 있게 되었고, 해외에서 모델 일을 해나가면서 또다시 세계대회의 꿈을 꾸게 되었다.

나의 세 번째 대회는 세계 5대 미인대회로 손꼽히는 미스 인터콘티넨탈 대회였다. 이미 두 번의 좌절을 맛본 나로서는 쉽게 도전할 결심이 서지 않았다. 기나긴 고민 끝에 마지막 지역 대회인 미스 인터콘티넨탈 수도권 대회에 참가하게 되었고 1등, 즉 위너라는 타이틀을 얻게 되었다.

기쁨은 잠시 나는 곧바로 내 꿈인 세계대회에 참가하기 위해 정신없이 한국대회 본선을 준비하게 되었다. 정말로 고3 입시 시절보다도 더 간절한 마음으로 열심히 준비했던 것 같다. 결국 그 노력으로 세미 위너 2등을 수상했다. 미스 인터콘티넨탈 세계대회는 아니었지만 미스 아시아 어워즈라는 세계대회에 한국대표로 출전할 수 있는 기회가 주어졌다. 꿈이 이루어진 순간이었다.

나는 대회에 나가서 지고 싶지 않았다. 한국이라는 나라를 대표한다는 사명감으로 왕관을 쓰고 돌아오고 싶었다. 대회에 나가 누구보다 열심히 노력했고, 그 결과로 3등의 왕관을 쓰고 한국으로 돌아올 수 있었다. 이것이 2018년도의 나의 수상 업적이다.

2019년 한국 미인대회의 꽃이라고 할 수 있는 미스코리아에 출전할 수 있는 마지막 나이가 되었다. 27살. 나의 고향인 전남·제주 지역 예선에 출전을 하였고, 드디어 나는 미인대회를 시작하던 순간부터 꿈꿔왔던 진의 왕관을 머리에 쓰게 되었다.

18살, 어린 고등학교 2학년 시절 꾸었던 꿈이 이루어진 순간이었다.

나를 돋보이게 하는 스타일링

미인대회에서 스타일링은 빼놓을 수 없는 요소다. 나를 어필할 수 있는 가장 강력한 수단이기도 하다. 대회마다 참가자들에게 원하는 이미지가 굉장히 다르다. 나는 매 대회에 나가기 전, 전년도 대회 영상과 수상자들의 이미지를 보며 공부하고는 했다. 그리고 대회가 이루어지는 장소, 무대 디자인, 심지어는 조명까지 파악하고 그에 맞춰 내 스타일링 콘셉트를 생각하고는 했다.

미스 인터콘티넨탈과 아시아 어워즈를 준비할 때는 다른 참가자들 사이에서 돋보일 수 있는 방법을 찾고자 했다. 심사위원들이 참가자들을 전체적으로 볼 때 한 번쯤 더 보고 '저 참가자는 누구일까?' 하고 궁금해 할만한 스타일링을 하고 싶었다. 또 나의 단점을 파악하고 이 단점들을 어떻게 해야 완벽히 보완할 수 있을지 고민하고 방법을 찾았다.

미스 인터콘티넨탈 수도권 대회 때는 수상과는 상관없이 나 자신을 보여주고 싶다는 생각이 강했다. 그래서 나의 장점을 부각시키겠다는 생각으로 스타일링을 했다. 건강한 아름다움을 보여주기 위해 까만 피부로 태닝을 했고, 드레스 또한 세계대회의 의상을 참고해 시스루드레스로 선택했다. 결과는 좋았지만 지나고 나서 본 사진 속의 내 모습은 투 머치(Too much)였다. 너무 까만 피부 때문에 너무 외국인 같았고, 그 결과로 악플에 시달리는 경험도 하게 되었다.

여기서 큰 교훈을 얻은 나는 한국 본선을 준비하면서는 스타일링을 바꾸게 되었다. 조금 더 고급스러운 모습을 표현하고 싶다는 생각을 하게 되었고, 이에 맞춰 새로운 스타일링을 하였다. 그래서 드레스는 머메이드에 실크 소재로 된 드레스를 입었고, 크지 않은 키를 보완하기 위해 시선을 끌 만한 포인트를 준다는 생각으로 드레스의 가슴 쪽에 많은 비딩을 했다. 당시 현장에서는 바비 인형 같다는 등의 긍정적 반응을 얻었지만, 사진 속의 나는 상체가 큰 콜라병처럼 보였다. 스타일링 결과는 이전보다 만족스러웠지만 결국 미스 아시아 어워즈를 준비하면서는 모든 스타일링과 피부색도 바꾸게 되었다.

일단 여성스러움과 화려함을 강조하는 스타일링을 하기 위해 피부는 더 이상 태닝을 하지 않았고, 여성스러움을 주기 위해 줄곧 고집하던 머메이드를 버리고 벨라인 드레스를 선택해서 가져가게 되었다. 드레스 선택은 훌륭했다. 무대 위에서 내 드레스는 제 역할을 해준 덕분에 그날 무대에서 내가 많이 돋보였다고 한다.

하지만 신체적인 한계를 느끼게 되었다. 작은 키라는 단점을 보완하기 위해 17㎝라는 높은 힐을 신었지만, 175㎝가 넘어가는 친구들은 20㎝ 힐을 신었고, 나는 큰 친구들 사이에 가려져 드레스만 보일 뿐이었다.

이후 미스코리아를 준비할 때는 앞선 경험에서의 교훈으로 대회에서 신을 모든 구두를 각각 콘셉트에 맞춰 제작해 준비하였다. 드레스 또한 다시 머메이드로 돌아갔다. 무대에서 눈에 띄기 위해 굉장히 화려한 비딩으로 수놓은 드레스를 선택했다. 하지만 화려한 비딩은 동시에 몸을 더 펑퍼짐하게 보이도록 만들기 때문에 조금 더 신경 써서 4㎏ 정도 몸무게를 감량하며 준비했다.

미스코리아 스타일링은 차분함과 우아함에 중점을 두었다. 피부도 더 하얗게 만들기 위해 노력했다. 화이트 태닝부터 피부과 스킨케어까지 안 한 게 없었다.

헤어스타일 이야기도 빼놓을 수 없다. 사실 다들 드레스나 메이크업만 신경 쓸 수도 있지만 대회에서 가장 중요한 포인트 중 하나는 헤어스타일이다. 이전 대회에서는 과도한 업스타일로 크게 만들었던 머리를 조금 더 차분하고 우아하며 작게 만들었다. 과도한 업스타일은 잠시 넣어두고 좀 더 깔끔한 인상을 줄 수 있는 차분한 웨이브 헤어스타일을 하였다.

미스코리아를 준비하면서 정말 세세한 디테일 하나하나에 전부

신경을 썼다. 심지어는 드레스의 비딩 컬러도 보았다. 드레스의 비딩이 조명을 받았을 때 오팔 펄로 비딩이 되었을 때의 느낌과 화이트, 실버 컬러로 비딩이 되었을 때의 느낌도 세세하게 비교해가며 선택을 하였다.

쥬얼리 스타일링도 빼놓을 수 없는 부분이다. 미인대회 때 참가자들의 귀걸이를 생각하면 평소에는 상상도 할 수 없는 주먹만 한 귀걸이를 다들 생각할 것이다. 귀걸이도 얼굴형에 따라 드롭형으로 길게 늘어뜨린 게 어울릴 수 있고, 딱 붙는 디자인이 얼굴을 빛내줄 수도 있다. 이런 액세서리 하나도 하나하나 얼굴에 대어가며 골랐던 기억이 난다. 이런 스타일링에 대한 세세한 감각이 미인대회에서는 굉장히 중요하다.

꿈의 무대! 파리 패션위크에 오르다!

미스코리아 대회가 끝나고 생각지도 못했던 기회가 찾아왔다. 2019 파리 패션위크 무대에 모델로 서게 된 것이다. 물론 미인대회의 참가자로 선 무대도 의미 있었지만, 최단신 모델로서 4대 컬렉션 중 하나인 파리 패션위크라는 큰 무대의 오프닝을 담당한 것은 앞으로도 경험하지 못할 일이라고 생각한다. 덕분에 불가능은 없다는 생각을 하게 됐다. 또 미인대회 때부터 포기하지 않고 항상 도전해왔던 도전정신이 나에게 가져다준 뜻깊은 결과라고 생각한다. 그런 나에게 스스로 박수를 쳐준다.

패션쇼마다 백스테이지의 분위기는 다를 것이다. 내가 참여했던 브랜드의 분위기는 너무나 자유로웠다. 외국 친구들이 많았기 때문에 영어를 하는 친구들이 대부분이었고, 불어를 하는 친구들도 많았다.

나는 비록 작지만 개성이 있고, 무대에 선 여자 모델 중 유일한 한국인이었기 때문에 패션쇼에서도 미인대회에서 가졌던 사명감이 들었다. 패션쇼와 미인대회 무대는 워킹, 여유, 포즈, 웃음 등 모든 것이 달랐고, 웃는 것에 익숙했던 나는 웃을 수 없는 것이 너무나 힘들었다. 그래서 들뜬 내 감정을 감추고 나를 돋보이기보다는 오직 의상을 돋보이게 하는 훈련을 했다. 이러한 점이 큰 경험이었던 것 같다.

전 세계 어딜 가도 반겨주는 친구들

미인대회에 나가면 정말 수도 없이 많은 장점이 있지만, 가장 큰 장점 세 가지를 이야기해 보려고 한다.

미인대회에 나가서 좋은 점 중 첫 번째는 많은 친구를 사귈 수 있다는 점이다. 일상생활에서는 절대 마주칠 수 없는 친구들을 미인대회에서는 한자리에서 다 만날 수 있다. 그 예로 세계 각국에서 날아온 친구들을 만날 수 있다.

나는 지금도 미스 아시아어 워즈에서 만났던 2등 수상자이자 나의 룸메이트였던 미스 인도네시아 푸트리와 연락을 하고 지낸다. 푸트리는 인도네시아에서 방송인의 길을 걷고 있다. 같이 룸메이트를 하던 그때도 한국에 굉장히 많은 관심이 있었고 한국에 대해 많이 알고 있었다. 우리는 미인대회 룸메이트였지만 정말 소울메이트 같았다. 경쟁을 떠나 친구로 느꼈다. 돌아와서도 서로 "우리나라에 언제 놀러 오느냐."라고 물어보며 문자를 주고받고는 했다.

푸트리는 나에게 특별한 별명을 지어주었다. 미스 수프라네셔널(MISS SUPRANATIONAL) 1등을 한 제니 킴과 분위기가 비슷하다며 나를 "줴니 킴."이라고 부르고는 했다. 매일 "아로아로" 거리며 '제니 킴'을 외치던 그녀가 생각나고는 한다. 무척 영광이기도 했지만 한편으로는 제니 킴만큼 좋은 성적을 거두고 세계에 나의 이름을 알리고 싶었다.

올해는 푸트리와 한국 맛집 투어를 계획하고 있다. 이렇게 다른 나라 출신의 진정한 소울메이트를 만들어준 이 대회에 감사한다.

한국대회에서도 마찬가지다. 다른 지역에서 생활하기 때문에 평소에는 만날 수 없을 것 같은 친구들을 만나게 된다. 한국 어디로 여행을 가든 꼭 한 명씩은 잘 왔다고 반겨주는 친구를 얻게 된다.

두 번째 좋은 점은 나의 성격에 대해 더 알 수 있다는 점이다. 장기간 합숙 생활을 하기 때문에 새로운 집단에서 적응해나가는 나를 볼 수 있다. 내가 다양한 갈등 상황이나 새로운 문제 상황에서 어떻게 해결을 해나가는지도 알 수 있고, 또 새로운 친구들과의 관계 속에서 배려심이나 상황을 이끌어가는 리더십도 배울 수 있다.

세 번째 좋은 점은 나의 가장 아름다운 모습을 발견하고 자존감을 키울 수 있다는 점이다. 수도 없이 많은 옷을 입고, 헤어 메이크업을 시도하며, 어떨 때 내가 가장 아름다워 보이는지 정확히 알 수 있게 된다. 또 사람들 앞에서 새로운 것을 시도하며 내가 가지고 있는지도 몰랐던 재능을 새롭게 발견하기도 한다.

마지막으로 이러한 일련의 과정들을 거쳐 내 자신을 믿고 내 스스로에 대한 자존감을 크게 키울 수 있다.

물론 미인대회에도 힘든 점은 있다. 우선 아름다워 보이기만 하면 된다는 세간의 인식과 달리 강철 체력과 강한 멘탈 관리가 필요하다. 미인대회 합숙은 정말 강한 체력을 요구한다. 아침부터 밤까지 이루어지는 다양한 프로그램과 끊이지 않는 연습을 소화하면서도 얼굴에는 항상 아름다운 미소를 짓고 있어야 한다. 강한 체력이 없다면 버티기 힘들 것이다.

멘탈 관리도 중요하다. 새로운 친구들과 관계를 형성하는 동시에 경쟁을 해야 하는 사이이기 때문에 하나하나 신경 쓰거나 속상해하다 보면 견디기 힘들 수 있다. 때문에 자신의 목표에 집중하며 친구들과도 잘 지낼 수 있도록 강한 멘탈을 준비하고 들어가야 한다.

마지막으로 미인대회에서 가장 중요하고 가장 힘든 점은 체형관리다. 합숙을 하다 보면 규칙적인 식사를 하게 되는데, 한순간도 긴장을 놓을 수 없다. 항상 건강하며 아름다운 몸매를 보여줘야 하기 때문에 적당한 식사와 적당한 운동을 챙겨줘야만 한다.

이러한 점이 당시에는 굉장히 힘들게 느껴졌지만 지나고 나니 나에게 굉장한 정신적·신체적 성숙을 가져온 요소가 된 것 같다.

아름다운 국가대표

한국 대회에서는 다 같은 인종이고 다 같은 국적이기 때문에 생김새가 비슷비슷하다. 하지만 세계대회에 나가면 다 다른 나라에서 온 친구들이기 때문에 외형이 굉장히 다르다. 때문에 누가 코가 조금 더 높은지, 누가 눈이 조금 더 큰지 이런 생각보다는 누가 더 매력적인 모습을 보여주는지, 누가 더 자신감 있는 워킹을 보여주는지, 누가 더 무대 매너가 좋은지 등이 당락을 결정하는 경우가 많다. 그래서 미스 아시아 어워즈에 한국 대표로 출전했을 때는 외모에도 많이 신경을 썼지만 무대에서 더 좋은 매너와 행동을 보여주기 위해 노력했다.

또한 한국을 대표해서 나간 것이기 때문에 더 신중하게 행동을 했다. 나의 실수 하나가 한국을 부끄럽게 할 수 있다고 생각해 행동 하나하나에 많은 생각을 가지고 했다. 또 세계에서 온 친구들이 모였기 때문에 각자의 개성과 성격이 강하지만 좋은 친구관계를 유지하기 위한 노력도 필요했다.

세계대회에서 임아로라는 이름 대신 국가의 이름으로 불린다는 건 정말 큰 영광이었다. 나의 예상보다 각국의 후보들은 K-뷰티에 큰 관심을 가지고 있었고, 한국에 대한 애정도 정말 많았다. 이렇게나 사람들이 많은 관심을 가져주는 코리아의 대표로서 내가 더 잘해야 한다는 사명감이 들었다.

미인대회 나가려면 기둥 하나는 뽑아야 한다?

대회 준비 비용은 사람에 따라 천차만별이다. 또 준비하는 대회에 따라서 굉장히 달라질 수 있다. 미스 인터콘티넨탈 대회의 경우에는 개인이 소장하고 있는 드레스와 협찬 드레스를 입기 때문에 별도의 비용이 들지 않았다.

하지만 세계대회는 필요한 드레스의 수가 국내 대회보다 훨씬 많고, 해외에 출국해야 하기 때문에 빌리는 기간도 한 달 정도로 훨씬 길다. 때문에 드레스 대여비용은 조금 더 든다. 나는 미스 아시아 어워즈 당시 드레스 비용으로 500만 원 정도가 들었다. 이 비용은 어떤 드레스를 어떻게 빌리느냐에 크게 달라질 수 있다.

미스코리아를 준비할 때는 단 하루를 입는 거였지만 드레스 제작 과정에서 나의 의견이 수용되었기 때문에 300만 원 정도의 비용이 들었다.

헤어 메이크업의 경우도 자신의 선택이다. 협찬을 받을 수도 있고, 개인적으로 출장 헤어 메이크업을 부를 경우 어떤 선생님을 부르냐에 따라 가격이 매우 달라지기 때문에 그 비용을 특정할 수는 없지만, 분명한 건 큰돈을 들이지 않고도 충분히 준비할 수 있고 수상도 할 수 있다는 것이다.

새로운 꿈을 꾸다

나는 사실 연극영화과에 다니고 있었지만 현실의 벽에 부딪혀 학업을 중단한 상태였다. 하지만 미인대회에 출전하고 모델 일을 하며 내가 패션에 관심이 많고 재능이 있다는 사실을 알게 되었다.

미인대회에서 수없이 스타일링을 하며 재미를 느꼈고 이를 직업으로 삼고 싶다는 생각도 하게 되었다. 그래서 패션디자인학과에 재진학하게 되었다. 지금도 나는 패션을 공부하고 있다.

또 모델 일을 하면서도 내 작은 키 때문에 내가 쇼에 설 수 있는 모델이 될 거란 생각은 하지 못했다. 하지만 미인대회에 출전하고 자신감을 얻으며 그 자신감이 좋은 기회로 이어졌고 파리 패션위크에 쇼 오프닝 모델로서는 좋은 결과를 얻게 되었다.

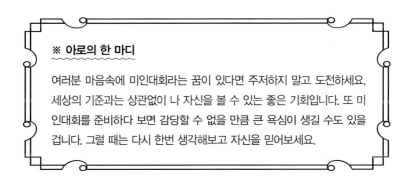

※ 아로의 한 마디

여러분 마음속에 미인대회라는 꿈이 있다면 주저하지 말고 도전하세요. 세상의 기준과는 상관없이 나 자신을 볼 수 있는 좋은 기회입니다. 또 미인대회를 준비하다 보면 감당할 수 없을 만큼 큰 욕심이 생길 수도 있을 겁니다. 그럴 때는 다시 한번 생각해보고 자신을 믿어보세요.